厉彦林

著

幼狮文艺

母爱情深

娘是生身母亲

大地是养身母亲，祖国是立身母亲

于是"母亲"成为

一座心中的丰碑

母亲接受了太阳光芒和大地气息

把生命、爱、温暖与力量传给了我们，如早春的暖风

深冬的炉火，像天边的彩虹，似生命的卫兵

中国青年出版社

作者简介

厉彦林，山东莒南人，当代作家，公务员退休。自幼酷爱文学，坚持业余文学创作50年，前期诗歌，后期散文及纪实文学，著有《灼热乡情》《享受春雨》《春天住在我的村庄》《赤脚走在田野上》《地气》《齐风淄火》等十余部。作品朴素自然、以情见长，140余篇（次）入选各种各类语文、思想品德教材和教辅，40多篇作为中高考和公务员、教师考录试题。《延安答卷》《沂蒙壮歌》作为歌颂延安和沂蒙革命老区脱贫攻坚和乡村振兴的"姊妹篇"，被中组部评为全国党员教育培训优秀教材（优秀读物）。曾获齐鲁文学奖、冰心散文奖、长征文艺奖、《人民文学》奖、徐迟报告文学奖等，作品被译为英、法、阿、日、泰文等，《沂蒙壮歌》被改编成电影。

目录

序　心中的母亲雕像 / 王兆胜　VIII

上卷　娘在我心目中像
神一样　001

十年祭　003

娘的白发　044

中卷　思念永无止息　075

我的父亲节母亲节　077

茶味人生　088

爱的天堂　112

娘在众人心中的模样　121

下卷　　**母爱无疆**　　171

沂蒙红嫂　　172

最后一位沂蒙红嫂　　185

胶东乳娘　　194

致敬，英雄的戈壁母亲　　216

中国母亲　　227

跋　　母爱是烙在我心头的胎记　　237

序　心中的母亲雕像

如果说，一个人最内在的感情是什么，那就是对"母亲"的炽爱。母亲，是生命之根，是力量的源泉，是永恒的牵挂，是前行的动力，是坚实的靠山，是未来的方向。因为有了母亲，这个世界即使有暴风雪，也一样充满阳光；母亲一旦不在了，世界一下子会变得暗淡，剩下的人生路只能靠自己了。

我的母亲只活了49岁，在我十多岁时，她如烟似雾般飘散了，连一张照片也没留下。近50年来，我靠的是仅存的印象，还有想象，以及梦，去思念母亲，但印象仍然是模糊的。

在母亲离世的日子里，我不时拿起笔来，写出自己心中的母亲。我也愿读别人笔下的母亲，我还特属意于一个世纪来写母亲的散文，并给予整体性研究。所有这些除了学术，就是希望能重温母爱，目睹她的音容，倾听她的心声。

厉彦林先生写过不少关于母亲的散文，他以专注与热爱、深沉与哀思、写实与艺术全力塑造母亲。于是，一个由不少细节组成的完整的母亲形象凸显出来，这是一个勤劳、善良、宽厚、温暖、细致、仁慈、智慧的母亲，也是一个得到她周边几乎所有人敬重与爱戴的母亲。在她身上凝聚着一个普通母亲所具有的优点及其个性。如善待上门要饭的母女，那一句"如果有一点办法，也不会出来要饭"的，就把母亲的同情理解活化出来。另一次，母亲在秋收时，给田地留下一两棵庄稼，其理由竟然是"地也需要喂养"，朴素的话语里包含了仁慈与智慧，这一思维也是符合天地之道的。像一位素描画家，多年来，厉彦林不厌其烦、精心描绘、用心刻画母亲的形象，从外形到性格，从情感到爱好，从心性到精神，从品质到灵魂，都可以看到这样的努力与追索。通过具体的人与事，厉彦林的母亲祁为菊"这一个"独特的形象凸显出来，她丰富了中国近现代文学的母亲群像。

　　不过，在厉彦林的母亲身上，也包含了普天之下的母亲。这也是祁为菊这位母亲能感动广大读者的原因。母亲的驼背、白发，她给儿女做吃食、缝补衣服，以及那长长的牵挂，还有最后的留念与期盼，哪一个儿女不曾经历过，哪一个人子不曾肝肠寸断过，哪一个游子没有在梦中遇到过？中国的母亲是世界上最伟大的，也是最为慈爱和富有奉献精神的，这也是中国自古多孝子的原因，也是在中国人心底有着极为善良的种子在的根由。只要读一读那首诗"慈母手中线，游子身上衣。临行密密缝，意恐迟迟归。谁言寸草心，报得三春晖"，哪一个中华儿女不立即变得热血沸腾，并生出对于亲人、家乡、故土、过往的留恋之情？因此，读厉彦林写母亲的长篇与短制，每个做儿女的似乎也看到和想到了自己的母亲，那个在我们心灵中刻下印痕的永久的存在。他写道："娘挂儿女，挂在心里。孩子想娘，急断肝肠。"这难道不是为天下母亲与儿女关系的总括和哲思吗？

更重要的是，厉彦林还写到地母、国母，是将大地、国家与自己的母亲结合在一起的母爱叙事，这就超出了一己的小天地，进入一个神圣的境界。作者写沂蒙山红嫂、胶东乳娘，还写到中国母亲，这些篇章一下子将亲情母爱进行了提纯，进入一种神圣的境界。为了保护共产党干部的孩子，乳娘们舍弃自己的子女，有的是用自己孩子的命来换取的，表现出高尚的情操与天地情怀。这种大爱可以说惊天地、泣鬼神，是山东母亲、中国母亲的精神颂歌。厉彦林将"三位母亲"挂在心上，娘是生身母亲、大地是养身母亲、祖国是立身母亲，于是"母亲"成为一座心中的丰碑。

以与母亲有关的人参与其间，以多棱镜的方式反映母亲的形象，这是本书的另一特点。一般说，有的母亲是自私的，她可能对一个儿子好，对别人就不一定。然而，厉彦林的母亲却是一个大好人，一个天地慈母，她像阳光一样不分彼此照耀她的所有儿女、亲人，以及与她相关与不相关的人、事、物。这种集束式的烘托法有助于更全面地表达母亲的美德。

本书的整体文风是激昂的，但也不乏温润，这在景物描写、母亲细节的描绘中时常出现。《布鞋》中有这样的描写："夜深人静时，娘坐着小方凳，弯腰弓背，一手攥住鞋底，一手用力拽针线，指掌间力气用得大、用得均匀，纳出的鞋底平整结实，耐穿。那动作，轻松自如，透出一种娴熟、优雅之美。那针线密密匝匝，稀疏得当，松紧适中，大小一致，煞是好看。纳鞋底的时间长了，手指会酸痛，眼睛会发花。有时娘手指麻木了，一不小心就会扎着手指。看到娘滴血的手指，我很心疼，便安慰娘道：'等我长大了，挣钱买鞋穿，你就不用吃这苦了。'娘微笑着说：'等你长大了，有媳妇做鞋了，我就省心了。'望着鞋上密密匝匝的小针脚和娘那疲倦的眼睛，我激动不已。多少次我听着油灯芯热爆的噼里啪啦声，那熟悉的麻线抽动的哧哧声，渐渐进入温柔缥缈的梦乡。"在这有声有色、有情有义、张弛有度的描写中，一幅母子图映入眼前，如温馨夏日吹来的一缕清风。

　　一个好子女的后面一定有个好母亲。中国好母亲培养出多少好男儿、好女性，可谓数不胜数。今天，我们倡导家风家教、国富民强，厉彦林笔下的母亲正逢其时，她会成为一种文化传承、精神之光，将世道人心照亮，也有助于支撑起一个民族的伟大复兴与未来发展。

王兆胜

2025 年 2 月 5 日于南昌

上卷　娘在我心目中像神一样

俺爹俺娘在老宅前

十年祭

2025年4月6日，是我娘祁为菊去世10周年祭日，我引用苏东坡"十年生死两茫茫"这句诗，表达我对娘的缅怀思念和敬佩感恩之情。

我的爹娘，都是沂蒙山区普普通通的农民，既平凡又平常，在我心中却很高尚伟大，无与伦比。父亲厉现进，母亲祁为菊，他们分别出生于国难当头的1938年、1939年。我的母亲、父亲相继于2015年母亲节、父亲节前夕去世，前后相隔月余，享年77岁、78岁。

俗话说："儿不嫌母丑，狗不嫌家贫。"这个世界不是没有黑暗，也不是没有风雨雷电，而是因为父母为我们遮挡。

《诗经》曰："棘心夭夭，母氏劬劳……母氏圣善，我无令人。"

《圣经》说："追求公义仁慈的，就是寻得生命、公义和尊荣。"

清代蒋士铨书写母子见面的诗曰："见面怜清瘦，呼儿问苦辛。低徊愧人子，不敢叹风尘。"

印度诗人泰戈尔说："你曾把爱赐给我，人世间处处充满你爱的赠礼。我的心灵觉醒时，你会收到我的一朵小花，它是我的爱，是对你那无价的伟大的世界的回赠。"

捷克作家米兰·昆德拉在《生命不能承受之轻》里说："人最大的弱点是善良，因为善良让人心软。而以损失自己的利益为代价的善良，从来都是这个世界上最稀缺的东西，也是最伟大的力量。"

百善孝为先，孝敬爹，孝敬娘，这是做人的伦理与纲常。母亲节又到了。我看着跟爹娘的合影照片，想起按照本地风俗，分别为爹娘举行过简单的安葬仪式、人生的闭幕典礼，既庄严肃穆，又让我悲痛欲绝，善始善终尽了儿子的孝心。

岁月无情飞逝，再也找不回、遇不上老照片中虽是白发苍苍却慈祥可亲的爹娘。我经历了这肝肠寸断的分离，努力擦干泪眼，从思念中走出来，看看窗外的蓝天白云，狠劲拧拧自己的右腮，真实地警醒自己：爹娘真的走了，就像一片秋叶欣然落地，最终回到大地的怀抱。告诫自己把美好与苦楚藏进心底，珍惜当下生活，让天上的爹娘放心、安心。

天下所有母亲，都是伟大而善良的。母亲和母爱，是人类最神圣的情感和亘古不变的主题。怀念母亲、歌颂母爱，成为文学和艺术作品的永恒题材和灵感源头，古往今来，卷帙浩繁、不胜枚举。

母爱是一首真情的歌，婉转悠扬，轻吟浅唱；母爱是一首田园诗，幽远纯净，清诵雅赏；母爱是一幅山水画，洗去铅华雕饰，留下自然清新，分外养眼；母爱是一阵和煦的风，吹去寒冬阴霾，带来无限春光。每一位母亲都是独特的，都是世间独有的，闪耀着母性光辉。

我娘是沂蒙山区一位普通的农村妇女，具有纯朴、善良、顽强的美德和不向命运屈服的性格，一生伴随解放前、共和国艰辛成长和农村全面改革等时代变迁的坚定步履，成为沂蒙老区众多母亲人生经历的一个缩影。娘这份亲情，是我的底气源泉和人生主色调。在人生短暂又漫长的历程中，我幸运地遇见、经历无数让我感动、铭记甚至悲恸的瞬间。娘无数平凡、琐碎、司空见惯却养育我、改变我的小事，铭心镂骨，有时让我心静如水、从容淡然，有时让我热泪涟涟、幸福满格，更多的是让我感恩戴德、肃然起敬！

虔诚叩谢大恩大德

2014 年 10 月，中秋节第二天，我娘因脑梗失去知觉以及吞咽咀嚼功能和语言能力。2015 年 4 月初病危，娘用手扯着我的衣角，拽了拽我右侧的棉衣，说了人生最后一句话："回家——"那话虽然含混不清，但我听得清清楚楚，腔调中还隐掩着无奈的渴求。当时县医院研判的结论是："即使用救护车护送回家，也有可能活不到家，路上随时都有危险。"

怎么办？俗话说养儿防老，娘真的老了，要离开这个世界时，在这生死攸关的危急关头，需要我拿定主意，我真的束手无策，左右为难，瞻前顾后，坐卧不安……夜已经很深了，月亮都躲起来休息了，我依然难下决心，就在宿舍院的空地上无奈、无助、无序地转圈，大脑里好像有几个人在争吵，你一言，我一语，公说公有理，婆说婆在道，举棋不定，一筹莫展，不知不觉我的微信步数首次接近了 5 万步。

娘病危，当儿的真不容易！经过反复琢磨权衡，最后我决定：娘在世的日子不多了，我必须遵从娘的愿望，这是做儿子的天职，应当明智理性地作个决断。第二天清晨，我就坚定地跟医院说："就按老人的意愿办，尽快送回老家。如出现什么意外，与院方无关，责任我负，就让俺娘骂我、打我！让家人埋怨我、指责我！"我咬着牙、忍着泪，租了救护车，尽心尽力满足娘今生今世最后的一个愿望。我明白，那真是一条"回家"的路。

到家门口时，我忙伸出手，哆哆嗦嗦地攥住娘的手，用力摇晃着躺在担架上的娘，贴着娘的耳朵大声说道："娘——，

娘——，咱到家了。您看，这是咱家的门楼！"

也许是听见了我的呼唤，娘慢慢地睁开眼睛，望了望门楼，浑浊的眼睛里分明闪过一道光，立刻精神了许多。手动了动，没有抬起来。嘴唇动了动，想说什么没说出来。我坚信娘是清醒的，肯定是看到了自己十分熟悉的门楼，心里明明白白，的确回到老家了，只是身体不听自己指挥、不能用语言或者表情与我们交流罢了。平时，我们往往埋怨娘好唠叨，等娘真不能说话了，听娘一句唠叨也都成了一种奢望。此刻只能用心灵面对心灵呼唤，就用"此处无声胜有声"自我安慰吧。我眼前，一直闪动着娘忙碌的身影，在厨房为家人准备饭菜，等我们坐在饭桌边，娘总是忙着为家人盛饭、递煎饼、拿馒头。看着渐渐长大的儿女，日渐苍老的娘珍惜每一次与儿女团聚的时光。每年过年回老家第一顿饭，娘必定想方设法，有时强忍病痛，亲手做我们都爱吃的豆腐脑儿。在这痛苦的煎熬中，脑海里又清晰地萦绕着娘的话语……

许多老年人病危时希望回老家长期居住的老宅子闭眼，去世后把骨灰送回老家安葬。这浓烈的思乡情结和对故土的眷恋之情千百年来生生不息，深邃绵长。娘因病离开老家已半年。这次病重时能活着回来，了却人生最后的愿望，本身就是强心剂。也许只有生命结束在自己熟悉的生活环境里，才是真正的踏实与安详。

娘回到老家硬是奇迹般地挺过了三天，在她养育我们兄妹的老宅子里活了人生最后的三天。望着发着高烧、痛苦万分的娘，我真像热锅上的蚂蚁一样，坐也坐不下，站也站不直，心如刀绞，皮若被撕。娘的手热、头热、血热、心热，真的是燥热难耐。尽管天气冷，汗珠子还是一直从额头上往外冒。娘体内有什么在翻江倒海般地搅动呀，难以言明的痛苦扼住了娘的大脑和喉咙，整个世界在天旋地转，有个常态的姿势和表情都不可能。我真真切切地明白，生命无常，没有什么爱可以重来，也没有什么事情允许等待。真的到了娘不再醒来这一天！这一刻！可我已经精疲力竭，几次迷迷糊糊地趴在床沿上睡着了，很快又被娘的一阵呻吟惊醒。鲜活的生命之花枯萎时竟这般痛苦。时间在一分一分、一秒一秒地奔跑、煎熬，我的心好似被架在烈火上烘烤，那焦煳味刺鼻入骨，痛苦已顶格，挑战着生命极限。我祈求上苍，如果我能顶替的话，我甘愿为娘去舍命；哪怕刀山火海，我也愿意替娘去跳。我们无力回天，只能无奈无助、眼睁睁地看着娘忍受着痛苦。

那三天极不寻常。我们兄妹几人和我儿子轮流陪护，在床前无微不至地观察和伺候。因肺部炎症，娘持续高烧。为了给娘减轻一点痛苦，我们不停地用温毛巾帮她擦脸散热。我轻轻把娘烫人的手举起，贴在我的脸上，来回磨蹭几个来回，让娘感知我的存在、我的体温，霎时泪水涌出我的眼眶……

"娘咽不下这口气，是不是还惦记着啥事呀？"我坐在娘的身旁，攥着娘那双老茧纵横的手，不停地给娘念叨她可能牵挂的事情，包括还有什么愿望，打算以后怎么办，等等。娘的面部静止又僵硬，眼睛闭着，只有从嘴里发出的呻吟声，让我无所适从。我只想陪伴娘走完人生最后一程，让娘走得安详，无牵无挂，保持在人世间最后的生命尊严。

平日里我们不太关注的日出日落、月升月沉，竟然是这等缓慢与艰难，我心像被谁用小刀一缕一缕地划割一般，泪珠若断了线的珠子失去任何维系的力量从腮上滑落，"唰唰"落地，没有光泽，没有目的地，没有方位感。我舍不得娘走，但看到娘痛不欲生的样子，听着娘痛苦的呻吟，心如刀绞，理性也偶尔战胜感情，也真希望老天爷开恩，让娘少受些罪，能走得安详平静。那三天，是备受煎熬的三天，是最难最累的三天，是殚精竭虑、万箭穿心的三天，脑海里重现我们母子的昨天、今天和明天，是今生今世活着的临终诀别，从此就永远不能见面。

2015 年农历三月初九凌晨。娘嘴唇翕动了几下，眼角滚落几滴泪水，静静地闭上眼睛，缓缓停止了呼吸。立刻老屋里响起一片啜泣声。理智敦促我强忍痛苦，抹干眼泪，咬紧牙关，这个时候我不能乱了阵脚，必须忍住哭声，责任就是尽心尽力地为娘操办好后事，让娘走得无忧无憾。

父母疼我，早早就笑着告诉我："我们的墓地早选好了，靠着你爷爷、奶奶，'屋（坟墓）'都盖好了。等我们老了那一天，你们只顾哭行了。"我知道，"养儿防老"不仅是照顾父母晚年生活，也包括养老送终，在我老家这一带农村父母安葬的事全靠儿子操办。父母知道我在外工作忙一些，不可能提前给他们操心办理这个事，再说，我确实也不明白该怎么办，也不想早准备。他们就自己把身后事替我这个当儿子的准备好了，让我既感动、感激，又惭愧、汗颜。

我们村的西北方有座柴虎山，本村的人火化以后，还可以到山上土葬。父母相继离世后，我在父老乡亲们的帮助下，买了两口规格和品质一样的香椿木棺材，按村规民俗，在村红白事理事会的叔父大爷、婶子大娘帮助下，父母都有一个规矩、简单、节俭的安葬仪式，葬得既有尊严又有脸面。我虔诚地跪在灵堂和坟前，抛洒泪水与伤悲，虔诚叩谢爹娘的大恩大德，彻悟人生坎坷与苦难……

◎ 襁褓

襁褓指包裹婴儿的被子，我感觉这个词很准确，但又过于时髦。我这个年龄段的农村孩子，真的无福享受。当年我们家里穷，从我老爷爷那辈就靠给地主家看林子养家糊口，住在村东两华里远的岭东侧由山石和土坯垒的房子里。我父母结婚后，日子照样穷。我出生前，家里唯一的一床棉被，我父亲去临沂参加养蚕培训班背走了。我降生时，天气还很冷，娘只好把我包裹进旧棉裤内胆的棉絮套里。我初到人间，给我温暖的，就是那棉絮套。如果没有娘的精心守护，我肯定活不下来。

可能就是因我出生时衣着太寒碜，这成了娘的心结。为了让我吃饱穿暖，娘从不服输，从不让我感到低人一等。原来在生产队里，都凭挣的工分分口粮。娘虽然个头不高，但干活下力，工分挣得一点也不少。在生产队收获过的地里，娘还能捡拾回麦穗，翻刨出充饥的地瓜和花生。分田单干以后，我家的责任田种得妥妥帖帖、郁郁葱葱，收获的粮食数量和品质不比任何人家差。当年，做衣服凭布票，娘总是先考虑老的和小的，过年也不给自己添一缕布。记得有几次娘回忆起我出生时家里的穷，连包裹我的衣裳都没有，就抹眼泪。我开导宽慰娘说："娘呀，您可别这么想。那时候，家家日子都很穷呀，我没被冻死，就已经很幸运了！"想起小时候生病，母亲的手掌一下下摩挲我滚烫的额头；如今山珍海味成了餐桌上的家常，经常让我想起来的还是娘的那碗热汤面；各式的衣服都有了，带补丁的衣服找不到一件，记挂在我心头的还是娘用针线缝补过的衣衫和纳的布鞋。

娘把我们当成她生命的一切，可以委曲求全，可以牺牲让步。我知道她为了我的吃、穿、用和上学读书，想尽了一切办法。我的童年、少年时代，虽然家里日子紧巴、生活清苦，但我活得无忧无虑，照常长肉、长毛发、长骨头，也长心性和志气。

我印象中的娘，整天拿针弄线、养猪喂狗、烧火做饭、家长里短，我最看重的就是这人间烟火气、儿女情长。我渐渐明白：娘赐予了我生命，今生今世，我就是来为娘当儿子的。我们娘俩母子一场，这是上苍恩赐的缘分。

要问娘教给我什么，影响我什么，我说不出多少，不是无影无踪，而是无处不在，因为母爱能量无限。平凡却伟大的娘赐予我的东西太多太多，我感悟梳理几十年得出结论，最贵重的是：爱与鼓励。

电话号码溅起一串泪花

我娘从小苦惯了，过日子精打细算，从不服输。记得我小时候，我们兄弟姊妹多，一群吃饭长身体的孩子，爷爷年龄大，是大队保管，我父亲是大队会计，分田单干之后，全家人的责任田主要靠我娘忙活，这日子怎么过呢？我娘好像有使不完的劲，用瘦弱的双肩挑起家庭重担，不仅全家人有饭吃，还尽最大努力供我们兄妹几个读书，那劳累、疲倦程度可想而知。

我娘的娘家是日照市的山北头村人，离我们村有五华里，原来属于东港区，后又划为岚山区。我娘出生于上世纪三十年代，当时家境比较好，并且只有我娘和舅姐弟俩，吃穿方面没受什么委屈。家长让我娘从小就学会烧火做饭、摊煎饼、做针线，也没逼我娘从小裹脚，遗憾的是没读过书。娘与我父亲很小就订了"娃娃亲"，她的家长曾因我家太穷想毁婚约，我娘抱着"言而有信，看看人再说"的态度，来到了我们家。我娘明达事理、勤劳贤良，见了我父亲面之后，更坚信"日子穷富得靠自己过"，更不惧怕生活中的困难。当年我奶奶刚因病去世，我的姑和叔年龄还小，日子没法过了。我父母就结婚了，我娘毅然决然要用自己单薄的力量支撑这个家，孝敬老照顾小，又当嫂子又当娘，默默无闻，一晃快六十年。我爷爷在世时，曾告诉我"恁娘是我们家的功臣"。娘曾经跟我说："有你们这几个好孩子，我这辈子知足了。"我说："不管今生还是来世，我们都是最贴心的母子；不管在天上，在地上，我们都是幸运的母子。"我们兄妹几人虽然都经历了贫穷和困难，却没有一丝怨言，反而更加心存感激。

2016年这一年，是我人生中最黑暗、最痛苦的一年，我经历了第一个不能牵挂和陪伴爹娘的春天。让我感到欣慰的是，2016年4月4日清明节这天，《人民日报》大地副刊刊登了我悼念父母的散文《茶味人生》。我含泪创作的散文《我的父亲节母亲节》刊于《海燕》杂志，《散文》海外版转载，入选《2016年中国随笔选》，引起众多读者共鸣。

两位老人去世，就如同他们的一生，不声不响，平静且安详。父母间隔一个多月先后离世，我的情感变得十分脆弱，很容易触景生情、多愁善感。每逢周末和节假日，心里空落落的。特别是刮风下雨、气温变化，更思念老爹老娘。天凉了，多么渴望老娘还一遍遍地唠叨着嘱咐我让我添衣裳。我曾经盼望着响起的电话铃声，如今却常将我吓得胆战心跳，特别是深夜的电话铃声更是让我惊悚万分。夜色阑珊，我一次次想起父母的音容笑貌，多么渴望还能坐在陪我一路成长的爹娘身边，听他们永不厌倦地给我讲一辈子也讲不完的故事，哪怕重复无数遍的唠叨、责骂也好……

◎ 电话号码

父母随着年龄增长，耳聋眼花，却更恋孩子，更恋家，更渴盼儿女们的电话。渐渐地，我和妹妹、妹夫们养成了每周必定与父母通话的习惯。2014年，我们刚刚回老家陪父母过了一个热闹喜庆的中秋节，8月16日晚饭后，我们兄妹几个都已返回各自的小家。好像有神灵相助一般，我们都不约而同地逐一给父母通了电话。电话一直打到晚上九点多，娘很高兴，声音还很洪亮、底气也很足，和往常一样嘱咐这、惦记那，谁料当天夜里就突发脑梗，从此失去了语言能力。我们都庆幸与娘有过今生今世最后一次亲切而温暖的通话，把娘的声音永远地刻在了脑海和记忆里。

2015年初冬季节，太阳已经落下西山，乌云像一块黑灰色的布遮盖了天，阴沉的天空飘起了雪花，纷纷扬扬地落下，一会儿工夫，地面上就落了一层白。所有的景致，都显得苍白与悲凉。一阵寒风吹过，金黄的树叶像没娘的孩子，被寒风吹起来，没有方向感地飞舞着，飘动着，旋转着。我孤独地站在雪地里，只想理理自己的思绪，任洁白的雪花清扫一下我心头的泪痕。寒风吹透我的衣裳，我的脸、手、皮肤被寒气围困，冰得我打了一个战。双脚在干净的雪地上踏出两行无规则的脚印，这时我不知不觉地掏出了手机，一键就按下与父母无数次通话的老家电话号码。电话铃刚"嘟嘟"响了两次，刹那间，我的心咯噔一下，陡然想起爹娘都不在了，按出了自己的一串泪花：

　　从不记得自己生日、唯独把我的生日记得准确清晰的娘走了，

　　我爱吃啥、爱干啥、穿过穿着啥衣裳都记得滚瓜烂熟的娘走了，

　　即使困难压弯腰、物资匮乏也能想方设法让我吃饱穿暖的娘走了，

　　夏夜为我摇蒲扇、冬天早早为我缝做棉鞋棉袄棉裤的娘走了，

　　我受点委屈比我还伤心、我有点进步比我还高兴的娘走了，

　　种地如同养育子女、精心管护每棵庄稼从不应付潦草的

娘走了，

我打个喷嚏也问明白，自己生病硬撑着、捂着嘴怕我听

到咳嗽声的娘走了，

不怕苦不怕累不服输、一句话一个眼神都给我信心和力

量的娘走了，

没上过学，但从不昧良心、不看人下菜碟、不做亏心事

的娘走了，

为我做了一辈子饭菜、我炒一个菜就夸赞、炒煳了也说

好的娘走了，

无论我走多远时刻把心系在我身上、用所有心思牵挂我

惦记我的娘走了，

我知疼知热、厚道善良、勤劳能干、乐观坚强、可亲可

敬的娘走了，

……

我长叹一声，悲凉与绝望一股脑儿涌进心窝，抽搐全身每一根神经线，瞬间即唤醒那些暖心暖肺的过往，不知不觉号啕大哭起来。泪水、雪水在冰凉的腮帮上混在一起，落在地上，那钻心的痛苦忧伤，翻腾起我心灵的海洋。耳畔真真地响起歌词"有妈的孩子像个宝，没妈的孩子像根草"。

雪花落在地上，沙沙地响，仿佛大地奏起伤感的曲调，低

沉、无奈还有一些沙哑。一会儿工夫，天空笼罩上了一层白雾，周围的楼房等建筑物的顶部染了一层白，光秃秃的山峦、树木立刻穿上了银白的衣裳，像农村人遇上长辈去世的白事都得披挂白孝衣一样，沙沙沙的落雪声，犹如缓缓弹奏贝多芬《月光奏鸣曲》和舒曼的《梦幻曲》，忧伤中透出丝丝凄凉。娘在世时仿佛心中总有牵挂，时时放心不下烧火做饭、下地上园、飞针走线，更看重人间烟火、儿女情长。因家境不好，孩子吃不饱饭，我曾看见过娘愁得"呜呜"哭、自己只喝菜汤的情景。如今雪水与泪水、悲戚与辛酸，汹涌而出，冲破了我记忆的大堤。生活中有茫然，有无助，有脆弱，有困苦，有期待，有快乐，有温暖，也有力量和希望。人生路很遥远，经历的事很多，面对残酷的现实生活，有时除了坚强，别无选择；除了努力，无路可走……幼小的内心只得承受压力，弱小的身体必须历经磨炼，不知不觉在父辈疼爱下，在娘的翅膀底下，我们都长大成人了。

母爱没有什么惊天动地，而渗透在日常与平凡，细腻且饱满，在于我们以感恩的心去铭记和体验。

岁月脊背上的黑剪影

2017 年 4 月 27 日清晨，大妹妹厉彦美在微信朋友圈发文《永远的怀念》写道："2015 年三月初九、2015 年五月初三是让我们子女刻骨铭心的日子，世上最疼爱儿女的两位至亲至爱的爹娘相继离我们而去！从此，我们恰如蝴蝶折了翅膀，船帆断了桅杆，失去了方向，失去了父母无私的爱！也让我们失去了孝敬二老的机会，我们做子女的痛不欲生！"这段话反映了家人的心声。那顿早饭，我应付了几口，基本上没吃，想起忍饥挨饿、经受折磨、慈母疼爱的岁月，我一时难咽这人间烟火。

◎ 黑剪影

2011 年中秋节，我照例回家看望娘。事先没打电话，是想给娘个惊喜。开自家的汽车回家，既灵活方便，又避免不合规定，再说孩子家买上汽车这本身也是件值得光荣和骄傲的事。到村口时已经下午了。我猜想娘是在门外乘凉？还是与婶子大娘聊家常？本认为娘的日子应当过得比较悠闲，谁知家里大门却上着锁。我顺手在门框上边摸出钥匙，打开大门，把捎回的过节礼物放进已经斜阳倾泻的院子里。邻居告诉我："恁娘又下地去了。"

黄昏时刻，太阳好像也累了，光芒变淡，柔和了许多，只有瓦蓝的天空更加静穆和幽远，几朵白云相隔很远，各自飘动。我赶忙奔村南自家责任田去找，只见地埂上的槐树叶已经微黄，田野上只有零星的人在劳作。远远地望见有个熟悉的身影。是，那就是娘！

娘正顶着凉飕飕的北风，在别人刚收过地瓜的地里用镢头翻地瓜。攥着镢头，低着头，弓着腰，那镢头被抡起来，在空中划出一道弧线，又重重地落下，溅起黄色的沙土，分明能听到镢头噗噗的落地声。远远地望见风吹起娘的衣角。娘的满头白发被风唤起，像一团白云在飘动。斜阳从她的背后照过来，衣服上披着一层浅浅的金色，把弯曲的黑剪影叠印在地垄上，任凭夕阳和寒风把黑剪影拉得很长很长，跨过了几道地垄。娘犹如一棵孤单的树，兀立在大地之上，在岁月的脊背上穿行游走。

那情景，显然是初秋里温馨暖人一幅画，可能激活画家、摄影家、音乐家艺术灵感的爆点，但我的心却被针刺一般。我远远地站在地头上，沉默了许久，沉默得让我一阵心绞痛。心里埋怨娘又心疼娘，不理解娘为什么如此地钟爱秋天的一棵一粒的庄稼粮食，不知不觉模糊了双眼。娘的手背显然是皴了，粗糙得像老树皮，还裂着血口子，缠在大拇指的白胶布已经成了灰黄色的。娘怕我生气，没像往常那样，惊喜我回家，而是赶紧赔着笑脸，带着歉疚的语调跟我说："身子骨闲着难受呀，这么好的地瓜埋在地里，白瞎了！"

我不忍心说什么，只是轻声嘟囔埋怨了一句，赶忙帮着扛起镢头、提着柳条筐往家走。

一幅深秋田野《母子归家》的黑剪影，叠印在大地上：

年轻美貌的娘，因为生儿育女累得沧桑；

身板挺直的娘，因为辛勤劳作变了模样。

黑剪影，成为娘最美的形象，我最心痛的记忆！

生命最后一截灯芯

都说"三生有幸"，我经历了娘去世三个年头的痛苦煎熬。

因清明节到山上祭祖上坟，兄妹几家又团聚了。娘生前心爱院里那两棵牡丹花，之前每年都开出红红的花，煞是好看。可是娘去世三年这牡丹似经受不起沉重打击，虽然正常吐芽伸枝展叶，就是不开花。这让我感到吃惊，难道这花也通人性，因伤心过度，再无心思开花啦？头一年，娘生病住院时间长达半年，没精力料理它，营养和管理没跟上，不开花可以理解，但第二、第三年不开花怎么解释呢？难道娘照料过的牡丹花也"守孝三年"？

父母离世后，生前还有几万元的积蓄。我知道，这都是他们省吃俭用，包括卖酒瓶子和旧纸盒等，一分一分攒下来的，我和妹妹、妹夫们都不忍心用这笔钱，于是就商量成立了以父亲厉现进、母亲祁为菊姓氏"厉""祁"谐音字命名的"立旗"奖学金，目的是把这点钱花得有意义，给子孙后辈留下点念想，把感恩的日子拉长。清明节，我起草好了《"立旗"奖学金管理规则》，并以父母的后人，包括孩子们在内，成立了"立旗"奖学金管理委员会，大家都有具体岗位和责任，并逐一签字确认。其中规定：

父母后代的子孙读完大学，都有受奖资格。我们都是汹涌湍流社会中的一片柳叶，命运不在自己手里，但自己尽力努力和拼搏，人生路上光亮必然会多一些。

◎ 山村灯光

我小时候，沂蒙山区农村还没通电。村里没有电，缺吃缺穿更缺光，除了太阳、月亮和眨眼的星星，没有什么照明工具。黄昏后，村庄便笼罩在一片黑暗之中，到处飘荡着星星点点、橘黄色的煤油灯光，空气中也弥漫着煤油刺鼻的味道。我家住在村东岭上的树林里，夜晚周围全是树木，更是漆黑一团，挺瘆人的。晚上复习、预习功课靠点煤油灯，当时煤油票是供给制，一家一个月就一斤，娘就向亲戚邻居家借，反正有一条：不让我眼睛看书时受委屈。我每晚坐在煤油灯下，读书、写作业，母亲拿着针线笸箩，轻轻地、细细地把母爱缝进衣衫和鞋底，偶尔用针尖拨动一下灯芯，让煤油灯更亮些。

娘纳鞋底，一手握着硬邦邦的棉鞋底，一手用穿针拉着长长的麻线，先用锥子在鞋底扎一个眼儿，再用针把麻线穿进锥子眼。因为麻线比较粗，需要大力气。当针把拇指上的顶针推到了鞋底的背面，娘要把线拽紧，鞋底正面的针线密密匝匝，成排成行。纳鞋底如此费气力，还有做鞋里、鞋面、鞋口都是些细致活儿。要做出来的鞋耐磨、耐穿，非得下一番苦功夫、细功夫不可。娘偶尔闭上眼睛休息一会儿，或者拿起针在头发上轻轻划几下，又继续劳作。屋里特别静，只有娘纳鞋底的哧哧声，油灯捻子燃烧的噼啪声和钢笔在纸上行走的唰唰声。那声响极富韵律，仿佛低吟的一首儿歌，伴着晃悠悠的曲调让我安然入睡。

不知什么时候，月光透过柞木窗棂挥洒在屋里。煤油灯下的娘就不再走动，也不出声，有时起身，也总是蹑手蹑脚，怕打扰了我。我不知不觉睡了一觉，醒来只见母亲还在灯下忙碌着，那哧哧拉线、走线的声音格外清晰，煤油灯把母亲的身影投射到墙壁上，显得格外高大，连同那挥动的手臂，分明是一幕浸泡辛酸的鲜活生活剧。其实我有时也想偷懒，但望望娘一丝不苟的劲头，只得埋头继续学习。有时也张开食指和中指做小鸟张口的姿势，那投影立即照到土墙上，娘也陪着我哈哈乐上一阵子。娘对子女的爱，如同这煤油灯忘我地燃烧自己，点亮黑夜，散发光辉。娘的陪伴仿佛具有一种魔力。娘一直以我"听话、爱看书"为荣。说到娘的付出，娘总是说，"我是当娘的，应该"，"天下当娘的，都这样"，好像为子女吃苦挡难理所当然、天经地义，为孩子做的一切都很稀松平常。

"心中点亮一盏灯，漫长人生有光明。"一个夜晚过去，鼻孔被烟熏得黑乎乎的，有时不小心煤油灯的火焰还会烧到头发，散发一股焦煳味。小小的煤油灯在漫漫长夜里不仅给我的童年带来了光明，还带来了温暖和方向。一年又一年，一张张奖状贴满了斑驳陆离的屋山墙。娘是沂蒙山区一位没有读过书却知道读书重要的普通妇女，在陪伴我成长的过程中，悟到一些"怎样当娘"和"怎么培养儿子"的门道。我上高中时跑校，一直想不明白，当时没有闹钟，母亲为什么每天清晨准时五点叫醒我，比闹钟准确和放心。其实是娘早醒以后，等到这个点才叫的我。叫醒我的不是时间，而是娘的责任和对我的无限疼爱！山路漫长，我背上书包奋力前行。山村天气寒冷，我渴望走到春天的入口，努力在贫瘠的土地上开出属于自己的花朵，让娘在乡亲们面前脸上有光、能直起腰；我不但要好好读书，我还要争取写书。

煤油灯在那艰苦的岁月，有时暗淡，甚至几乎熄灭，但每次都被娘挑亮，又一次起死回生，光一次比一次明。娘自己就是一盏煤油灯，一束生命与希望之光，贴心、暖心、亮心，在黑暗和困难时刻给予我难能可贵的温暖与光明。能考虑到的，娘早就想到了；能承受的，娘都承受了；能付出的，娘都付出了。甘愿牺牲自己的生命，去烧穿黑暗与苦难，把温暖送到孩子身边。

我知道，我这个年龄段那一代孩子，都是"生在新中国，长在红旗下"，有着差不多的家庭条件，都伴随国家的成长发展一起艰苦过、日子难熬过，都有一位坚强平凡善良、在艰难的日子里充满希望地挣扎、千方百计供养孩子上学的母亲。

娘其实就是一盏灯，耗尽生命的最后一截灯芯，被一阵微风吹灭，默默闭上了疲惫的双眼。冥冥中，我在这盏灯的照耀下，把希望与汗水洒在人生道路上，有一种拱破板结土地的志气和力量，把贫寒、犹豫和艰辛抛撒到九霄云外。

人生是道单项选择题

按沂蒙老家乡下的规矩，老人走了三年内不能大动土木，是担心这期间老人的魂魄回来找不到家门。

眨眼间爹娘走了四年，这年清明节前我按照父母生前的遗愿，给父母修了坟，在坟前植上了树，同年把祖宅改造成书屋，是选定在 5 月 22 日这天正式动工的。施工过程中，发生了一件稀奇事：一双燕子飞进父母住过的东厢房衔泥筑巢，燕子翻飞着，叽叽喳喳地叫着。尽管有人在施工，且有电钻声和驱赶声，这两只燕子仍然很执着，怎么也赶不走，只好让它把窝垒成，不久又孵出了四只小燕子。为了让小燕子成活，又专门停工半月，等待小燕子长出羽毛被老燕子领飞。我们全家都认为，这是我家这一年最有意义的一件喜事。

◎ 收庄稼

二十世纪七十年代末，我们这个缺水的"小干庄"建起了扬水站，当年浇上水的小麦喜获丰收。那天放学后，我直接背着书包跑到我家在扬水站北侧的责任田里。娘异常兴奋，丰收的喜悦溢于言表，站在地头上，两个手掌扣在一起搓了搓手上的泥巴，抓起一捆沉甸甸的麦穗，笑着告诉我："今年咱家麦缸都能装满了"，"我怎么觉得读书和收庄稼是一个理儿。那书就像是满地的庄稼，每个人的书包都是块大小肥瘦一样的庄稼地，脑子就是那粮缸。谁收粮多，谁的碗里就有好饭吃。要是不抢着收，就会饿肚子。在咱这山旮旯，不好好念书，就得吃一辈子地瓜蛋。"我回答娘："为了不饿肚子，吃上白面馒头，我一定好好念书，考试考个好分数。"这虽然是句空洞的誓言，却让父母对我充满期待和希望，"砸锅卖铁也供养我儿上学"。其实，我也时常想偷懒，也想到外面疯玩，可每每想起父母在田野里弓身劳作的身影，想起我每周背走了家人不舍得吃的瓜干煎饼，想起自家四面透风、有些寒酸的宅院，就劝自己坚持、坚持，"穷人家的孩子就得靠自己"，这给了我不服输的志气、骨气、底气和力气。娘并不识字，她却用极普通的话语和平凡的行动，成为我学习的老师、人生的导师，让我的人生坦然且踏实，让我的心灵清澈且真实。

人生天天是考场，人生事事是考题。人降生于世，就跨进了这一生存的考场。人生就是一场考试，随处是考场，随时随地面对着人生考题，还都是单项选择题。"出身不由己，命运可选择。"人从出生的那一刻起，家庭、家庭背景和父母都已经决定了，唯一能选择的就是人生道路。当然，选择的同时，也是在放弃。知识能改变命运，分数高分数低都攥在自己手里，因为人都是自己的答卷人和监考、阅卷老师。真诚善良的心、守护亲情与家庭的责任、保持对未来的信心与努力，这是我娘用一生教给我的标准答案。

祖宅书香氤氲我心田

在娘五年忌日的大前天，在我们家的祖宅里，举办了"彦林书屋"揭牌暨第一次读书分享会。著名作家、中国作协副主席张炜先生来书屋分享他读书写作的经验，县镇领导和许多朋友前来助力，我几个妹妹和妹夫也都赶回来了。这是最有意义的追忆和悼念。我主持分享会时，说起办书屋的初衷，不知不觉流出了热泪。我知道父母在天有灵，也会露出笑容，表示赞许支持。

我忘不了当年求学读书的难处。娘一开始教育我"咱庄户人想过好日子、不受人欺负，就得靠读书"，当时其实我还理解不了，也有过应付，也偷过懒。当看见爹娘的辛苦和家里生活的困难，尤其是上高中时，每周背走那一捆一家人不舍得吃的瓜干煎饼，我说啥也不能对不起这捆煎饼。我慢慢喜欢上了读书，除了课本，就是偶尔借本小人书过过眼瘾，学校图书馆本来书就不多，许多还禁阅了，只好想书兴叹。那时条件差，没有电视电脑这类东西，煤油灯的油票还是娘从邻居家淘来的，真不舍得点煤油灯呀。参加工作以后，积攒了好多书，省吃俭用地也买了一些自己喜欢的书。"书是人类进步的阶梯",只要肯读书,就可以把几千年的人类思想、经验在短时间内重温一遍、汲取丰富的知识营养,但如果不读,只是摆起来、当摆设,也就没价值。我建书屋的目的,就是为本村和周边村的孩子提供一个可以读书的场所和可站立的巨人肩膀。

◎ 读书梦

我家祖辈是沂蒙山区的普通农民,族谱里从来没有上学识字的。我爷爷生不逢时,是喝着旧社会的苦水长大的。当时家里穷得叮当响,虚岁刚七岁,他就被迫到邻村的地主家当放牛娃,讨口饭吃活命。看着地主家的孩子吃饱饭就坐在屋里,听私塾先生摇头晃脑地讲什么"人之初,性本善"一类的课文,他羡慕得不得了。有一次爷爷趴在黑乎乎的窗子上,偷听了几句,竟被老地主劈头盖脸痛骂、狠揍了一顿,脸上和身上留下一道道血口子。老地主责骂:"穷鬼还想读书,做梦吧!"我爷爷心中暗暗发狠:"砸锅卖铁也要上学!"可这个梦想在那个年代是根本不能实现的。新中国成立后,我爷爷积极参加村里办的扫盲班,也让我手把手地教他识字,可惜他已错过读书的年龄。我爷爷虽然不识字,可为人实诚、厚道、没私心,竟在村里当了十多年的大队保管员,全村出出进进的所有东西,全靠只有自己认识的画图和杠杠来标记。那记事的本子就放在仓库东门侧的粮囤子上面。直到他离开这个世界，也只能认识自己的名字和几个简单的数字。他老人家的苦难经历和他关于好好读书的衷心劝诫，却深深地刻在了我的脑海里。

我父亲长到了上学的年纪，新中国还没有成立，但我老家沂蒙山区这一带已经是解放区了。喜气洋洋的农民分了地、勉强填饱肚皮以后，首先想到的是让孩子学文化、长见识。原来都是私塾，是家庭、宗族为主私办的民间教育机构，私塾老师都是家庭聘请的。新政府鼓励办教育，于是几个村联合办一所小学，大大小小的孩子混编在一个班里。我父亲也是其中幸运的一位，成为我家祖祖辈辈第一个上学的。可谁知天有不测风云，奶奶突然病逝。我父亲含着眼泪把没有学完的课本包着藏起来，默默帮家里干起了农活，帮爷爷照料起我年幼的姑和叔。老师舍不得爱学习的好学生，曾连续几次到家做让我父亲返校的工作，但由于家境所困，最终我父亲再也没有重返那充满笑声、歌声和美好憧憬的校园。即使这样，比起斗大的字识不了两箩筐的乡亲们，我父亲成为当年村里名副其实、会打算盘的"秀才"。在村里干了一辈子大队会计和信贷员。

到我上学时，已经是二十世纪六十年代中期。刚刚度过三年困难时期，农民铁青的脸开始红润。这时大多数村庄都建起了学校，各村最令人兴奋的是村头学校"铛铛"的敲钟声，多数孩子能进学堂了。我清楚地记得我上学的第一天，是父亲背着我把我送到村里的学校里，交给了那位胡须花白的张本松老师。当天中午放学后，我小跑着回家，坐在院子里的大槐树底下，娘给我盛了一碗土豆炖嫩莢芸豆，我啃上两个煎饼，就第一个跑回了学校，张老师自己还正做饭呢。学校条件很差，课桌是用土坯垒的台子，一个教室纵着四排，一排就是一个年级的学生，老师进行"复式"教学，教完了这排再教那排。学校抓得挺紧，还上晚自习。教室太破旧，一到下雨天，屋里就摆上接水的盆子。雨下大了，老师担心教室倒塌，干脆放我们的假。冬天，那土台子凉得刺骨头，外面下大雪，教室里下小雪，学生们衣裳单薄，老师经常停下课，组织孩子们集体跺脚、搓手，然后再上课。那时农家日子贫寒，孩子们在课堂上用石板写字作练习，那石板可以反复擦、反复用，确实很节约。

我娘因为是女孩，从小就被剥夺了读书权利。我娘喜欢陪伴我读书，最爱看我作业本上那一串串红"√"号，所以一家人咬着牙供我上学。书屋建成，定能告慰长辈们的在天之灵，启迪激励后人，激活孩子们心中那颗热爱读书的"种子"。

2021 年是建党百年，这是千载难逢的好年份，我和家人商量用祖宅改造个书屋。这是对祖先的感恩与纪念，必须虔恭真诚；书香味最纯净，不容半点污染。动工前，有朋友曾好心劝我："要是真干这个事的话，我可以帮找个有情怀的企业家帮帮您。"我说："如果用别人的钱建，我就不建了；如果不是用我的钱，也就背离我建书屋的初心，就是愧对父母的在天之灵。"施工前我劝说镇上的领导不要到现场，"建的时候你们不能参与，也不要过来看，避免让别人产生误会，等建成以后，欢迎你们参与共同使用"。为避免引起误解，我从外地请施工队，虽然成本高点，但能避免一些推测和闲言碎语。账目我结得明明白白，该花的钱一分钱不省，该付的工程款一分钱也不欠，每块板面、每个螺丝钉都记得一清二楚，一五一十地仔细列出清单，留下发票。这是为自己的初衷、良心负责，也是对子孙和历史负责。

资金主要是我攒的稿费，这是我长年累月坚持业余创作、一个字一个字地写文章、一分一分用心血汗水换来的。我儿子桦楠小的时候，稿费都给他买奶粉用了。他大了，这稿费就一直攒着，没舍得动。集中起来做这件事，多么有意义啊。不足的部分，是我妻子用绩效工资补齐的。

"能吃饱饭真的很幸运"

2021 年农历三月九日。天还没亮，我就睡不着了。大清早，我在"一家人"微信群发布了"今天是老娘忌日"的信息。

因为新冠肺炎疫情局部反弹，核酸检测更加严格，回沂蒙老家的高铁也暂停了，我无法回老家祭奠父母。想起娘的恩德，我写下一首短诗《母爱》：

山再高，也没有母爱高大，

海再深，也没有母爱包容；

天再恢宏，也没有母爱广阔，

地再深厚，也没有母爱深奥；

太阳再炽热，也没有母爱温暖，

月亮再皎洁，也没有母爱纯粹；

母亲在，我就拥有一切，

失去母亲，人生丢了色彩……

我年少时不知愁滋味，

母亲用爱百般呵护我；

我长大后选择了远方，

距离拉长了娘的牵挂；

母亲撒手离开我们，

我泣文回忆颂母爱，

唯两行热泪穿心而过……

民以食为天。我国是农业大国，底子薄、土地少、人口多，吃饱穿暖是中国人几千年的梦想。历朝历代，人民食不果腹衣不蔽体，在贫穷与饥饿的泥潭里挣扎、煎熬。中国共产党带领穷人闹革命，根本目的是拔"穷根"、解决吃饭问题。新中国成立、推进改革开放和脱贫攻坚，都是聚焦"吃饱穿暖"这个基本问题。记得上世纪七十年代村里还组织村民吃"忆苦饭"，就是用地瓜秧和地瓜面蒸窝窝头，吃起来没味道，在嗓子眼里打转转，咽不下去，孩子们不愿意吃，我娘却说："穷时候，就是有这么好的东西吃，也就知足了。"如今生活条件好了，生活真的富裕了，鸡鱼肉蛋成了家常便饭，大多数人没有贫穷饥饿的切身感受。一些人被物质富足蒙蔽了眼睛，对贫困弱势群体视而不见，甚至嗤之以鼻。当然，世上谁也不愿过穷光蛋生活。我有幸经历了新中国成立初期的那段贫穷岁月，见证了乡亲们被贫穷逼得几乎绝望的窘迫状况和尴尬局面。因为受过穷，才珍惜富足的生活；因为吃过苦，才珍惜甜的感觉；因为挨过饿，才珍惜蔬菜粮食；因为衣食无忧，我时常反思自己，避免变味变色。

◎ 半碗粥

我小时候，农村普遍穷，谁家能点着灶火、冒着炊烟、勉强吃上饭就很幸运了。那个时候，家家穷得叮当响，乡下流行"门前放根讨饭棍，亲戚故友不上门"的俗语，讨饭的乞丐确实不少。在家门口或走在路上，遇上讨饭的乞丐很正常。

粥，对许多中国人而言，可谓生命之源，一锅一勺，一点一滴十分熟悉。在贫穷的年代，喝稀粥主要是搪塞缺粮、填不饱肚皮的问题。记得我上初中的时候，天都很冷了，那天早上，我们一家人正准备吃早饭。娘掀开锅盖，一股瓜干粥的香气伴随一阵烟雾立刻弥漫小院，顿感暖意融融。

粥端上桌不久，突然大门口来了要饭的：一位中年妇女，手端一个黑色的陶瓷碗，身边站着一个六七岁的男孩，那男孩有些胆怯，躲在大人身后，显然这是娘俩。"大爷、大娘，赏口吃的吧。"那妇女开口了。

那天早上我家的早饭，是每人一碗用地瓜干加上萝卜条和少许花生饼熬的粥，其实也就碗底有几片手掰的瓜干片，整个粥挺稀的。只见娘先到大门口看了一眼，回来就端起她那大半碗还冒着热气的粥。我放下饭碗跟到了门口，只见娘把她那半碗粥，一下就倒进了讨饭大婶的碗里。身边的那男孩踮起脚尖，舌头舔着嘴唇，很馋地望着碗里的粥，显然是饿坏了。

娘端着空碗回到屋里，锅早已空了，因为这饭正好一人一碗，没有多余的，锅都干净如洗了。我知道，娘自己又要饿肚子了。我望着娘的空碗，眼里流露出不满，埋怨娘："娘，你把你的粥都给了要饭的，你吃什么？"

娘笑着说："要是有口吃的，谁也不愿意拖上个要饭棍呀。既然人家娘俩跑到咱家门口了，就得给点吃的！"

"行了，抓紧吃你的吧！"娘回复我。其实娘对我的追问不太满意，的确当时我理解不了娘的这个行为。

如今，我再回忆起这件事，最清晰的印象是娘和讨饭大婶那两双布满皱纹的手，竟然如此相似。这就是当娘的标识和命运吗？那默默交换半碗稀粥的镜头，是对生命生存的赞颂和善良纯朴的传递，深深刻印在我的脑海，那一缕淡淡的粥香流淌在我的血液里。这就是母亲的品行和天性吧！

我因为挨过饿的缘故，脑海里依然铭刻着饿坏了、冻坏了时喝一碗娘做的烫嘴的面疙瘩汤的温暖感、满足感和幸福感，那是人世间最上等的美味！

这地，也挺不容易

光阴荏苒，蓦然回首，陡然发现纵是离家千里万里，故乡的点滴，从未从记忆里流逝。生于斯长于斯的故乡，是我根脉所在，是命脉所系，即使头发花白、腰弯背驼的爹娘离世，那生死与共的美好记忆、亲切熟悉的父老乡亲、血脉相连的兄弟姐妹，那份牵挂依旧揪心，那份真情仍然热气腾腾，那份恩德还是闪光灵动……

因为年初疫情防控形势不乐观，局部出现反弹，宿舍周边几个小区都被封闭管理，清明节和父母的忌日，我未能回村庄纪念。2022 年我第一次回临沂，是与纪实电影《沂蒙壮歌》主创团队的同志到临沂对接。5 月 26 日，一并参加人民艺术家、著名作家、文化部原部长王蒙先生为我们村题名的"书香广场"揭牌仪式。6月4日端午后的第二天，我动员在北京开办文化公司的枣庄人士刘振山先生到我们村帮助策划茶叶产业。为解开心里"乡亲们的茶叶不值钱、换不了钱"这个疙瘩，自己花钱讨苦吃，图个心里自在痛快。这也算对家乡、对乡亲们的一点回报吧。

◎ 喂地

记得那年秋天，天气已经很凉了，树木和庄稼上已经结了一层白霜，我都套上了厚棉袄了。我家村南那片地瓜是留到最后才刨的。我提着个腊条编的筐，跟在娘身后，捡拾刚刨出来的地瓜。看着刚出土、红润润的地瓜，心里非常高兴，因为这就是我们的口粮呀。娘刨地瓜很仔细，地瓜整墩刨出来以后，还要再用镢头把地再翻一遍，防止有漏下的地瓜。

只见娘把地头上最后两墩，也是最好的两墩地瓜的瓜秧剪断，把地瓜一丝未动地留了下来，还用镢头钩起周边的土培了培，地瓜就完整地被覆盖进土堆里了。

我不得其解，就问了一声："娘，留这两墩地瓜做什么？"

娘笑了笑，透着几分神秘地说："喂地！"

"是，喂地！"娘见我不理解，又补充了一句，"咱这地一年下来，也挺不容易。留两墩地瓜陪陪它，也让它解解馋，解解馋！"说完，娘把地瓜秧和玉米秸直接垛在了地头上。那两墩地瓜正好在草垛底下。这样既冻不着，又不被别人发现这个秘密，确实很安全。

当年农村场院边、地头上有许多高低不同、大小不一、但存放规矩讲究的庄稼秸秆垛，那是家畜的饲料；家家户户院子里有柴草垛，那是烧火做饭的燃料。秸秆垛和草垛的大小多少，从一定程度上象征着村庄的实力和农户的富裕程度、勤劳状况，但秸秆垛下藏着整墩的地瓜我没听说过。

等到第二年开春，移开草垛，刨出那两墩地瓜，竟然还鲜润如初，既没冻伤，也没腐烂。暖和的缘故，草垛底下那棵苦菜早早长出了黄色的花蕾。此时，我看到了母亲脸上的欣慰的笑容，如同听到了大地怦怦的心跳和均匀的呼吸。

喂地，是对大地的感恩！我娘就是普通的农民，不知道什么天地情怀，但知道心疼一声不吭的大地，这让我肃然起敬。我勤劳善良的生身母亲与博大仁慈的大地母亲是如此投缘，更让我心生感动。

那年月，那山地，那情景，有知觉、无语言交流的两位母亲惺惺相惜，彼此牵挂，心灵相通，让长大的我一直铭刻在心。

上苍恩赐一轮中秋月

一家人一个锅里摸勺子，品同一种饭菜的咸淡与鲜香，在同一个屋檐下取暖纳凉。当困难和黑暗来临时，难忘家人真心真情真意的关爱惦念，更难忘老宅里那缕缕绕绕不散的炊烟和夜晚那微弱却温暖的灯盏。

现代人拥挤在快节奏、充满诱惑的现代生活中，人心浮动。欲望在吞噬着理想和心灵，信仰、精神被物化、抛弃。"百善孝为先"，可见孝是多么重要。孝首先是尊重。"老吾老以及人之老"，既尊重自己父母的生命，也要尊重、关爱他人的生命，从而扩展为对上孝敬、对下孝慈、对亲友孝悌、对国家孝忠，将"亲其亲、长其长"的家人之孝升华为"助天下人爱其所爱"。其次，是敬畏。宗教敬畏神，也敬畏人。敬畏父母、敬畏长辈、敬畏祖先，"家有近祖，族有宗祖，慎终追远，直至始祖"。三是顺从。一般情况下，子女要遵从长辈的指点，按照父母的意愿说话办事。"孝子贤孙"不是骂人的话，是对遵从孝道之人的肯定。

◎ 中秋月圆

歌颂中秋的诗，大家最熟的是李白"举头望明月，低头思故乡"。还有白居易的《八月十五日夜湓亭望月》"西北望乡何处是，东南见月几回圆。昨夜一吹无人会，今夜清光似往年"。我理解作者内心无奈的悲苦和无形的清冷！

2014年中秋节，我和妻子带着儿子、儿媳，与我三个妹妹家相约同行，分别从济南、临沂、日照市出发，又一次集中回到养育我们的那个小山村——那个全国六十多万个建制村中的一个小山村，小得连县里的地图都不够标一个点的小山村，看望年迈的爹娘，团圆过中秋。

娘特别看重这顿晚饭，做得很讲究，真是倾尽所有，不但菜肴品种多，煮、炸、炒、炖的猪肉、牛肉、鸡肉、鲅鱼等，还摆上了月饼和石榴、苹果、葡萄等水果；父亲翻出藏了多年的一瓶高度烈性酒，犒劳我和三位妹夫，祝贺三妹妹家的儿子考上了大学。望着满脸笑容的父母，我们兄妹几个心里一阵阵温暖与感动。

立秋之后，天气渐渐凉了。山村的夜晚十分宁静、安谧。节前透彻的秋雨已把干旱的沂蒙大地清洗得纤尘不染。当晚众星捧月，银色的月亮点缀在深蓝的夜空之上，月亮四周围着闪闪的星星，不孤单，格外明亮。天空蓝蓝的，风轻云淡，倾泻而下的月光皎洁如洗。月光洒在地上轻纱似的柔软，与灯光交汇，无与伦比。秋虫开始发声，蟋蟀、蝈蝈、金铃子轻吟浅唱，尽情抒发生命的自由与从容，给这个季节的山村增添了几分特殊的韵味与灵动。

我们一家老小围绕在年迈的父母周围，大家头顶灿烂的星空，指指点点平日在城里很难看到的圆月和眨动眼睛的星星，不时还有小小的萤火虫在眼前飞舞。大家谈天说地、家长里短、笑声阵阵，其乐融融。皎洁的月光抚摸着沂蒙大地上的每一个村庄、每一块土地。我抬头与月亮遥遥相望、默默对话，心里在轻声告诉天上的嫦娥：感谢在这个团圆夜，赏赐了难得的一片宁静的夜空和月光。这时，村部大院响起了富有节奏感的音乐，原来是村里向来羞答答的老太太和媳妇们共同跳起了广场舞，虽然那姿势有些笨拙，但掩藏不住内心的幸福与满足。我妻子和妹妹们新奇地也去观摩，凑热闹。这是沂蒙山区一个近乎原始村庄普通农家的平常却又亲切温馨的夜晚，让人留恋难忘⋯⋯

在故乡的那两天阳光明媚，童年记忆蜂拥而来，潮水般漫过我近三十年的城市生活，让我的心迅速沉浸在古老的、即将逝去又迅速变化的村庄里。其实，作为儿女无论怎么远走高飞，从未离开过自己母亲的视线。

皎洁月空，孤月清轮，圆了缺，缺了圆，岁月就这样拉长变老。那皓白的月光，把尘世间所有都照得清清楚楚。在澄明的意境中，再多的悲伤，也都会远去；人生风雨浮尘，无论如何变幻，都将会淡去，岁月总会把最美好的记忆留住。

今夜，月光依然照得祖宅小院很明朗，我干脆关了电灯，直接坐在屋门口的马扎上，任月光洒在我的衣衫上，整个身心浸泡进缕缕月光里。月亮步履蹒跚，真像晚年的娘；月光像娘的目光，如同灯下为我缝补衣裳的凝望，好似在街口等我时流露出的忧伤，在暖意中透着一丝直达我心底的凉。我再次抬头凝望悠远的蓝天，星星一闪一闪的，仿佛母亲关注儿女的目光洒满了天空。一阵酸楚涌上我的心口，腮旁又挂上泪珠两行⋯⋯

生命在苏醒与接续中行走

日子过得真快，娘离开我们已经十周年了。我每年在娘的忌日都会写下一段文字，既是儿子对娘的追忆、跟娘拉的知心呱，更是对娘的感恩与倾诉。当然，无论我怎么写，也写不出娘在我心目中的高大形象。

我的娘和中华大地上千千万万可亲可敬的母亲一样，以心血为燃料"燃烧"自己，照亮别人，不言回报。娘晚年时躬腰驼背，脸上爬满了一道又一道深皱纹，眼睛不再那么清澈，走路和说话的节奏也都慢了下来。小时候我曾一度认为娘像钢铁一般，无所不能，不知疲倦，不会生病，也不知道为她担心和操心。我只要做好公干、不贪不占，照顾好自己就是对娘的孝敬，却忽视了娘是平凡之人，也是血肉之躯，更需要无微不至的关心与疼爱。她把缺少的爱，加倍倾注在我们这些儿女身上。多点耐心，好好说话，多多陪伴，珍惜相处的时时刻刻，这成为我一生的功课！

父母去世之后，我们就再也没有温暖的家庭港湾了。无论遇到什么风雨和困难，只能自己咬牙坚持。父母一辈子都在为我们操劳。我们前半生为了读书学习和娶妻生子，往往顾不上回过头看看父母；后来我们又为了工作、生活和自己的孩子，经常疏忽父母，很少顾及父母的感受。等到父母真的不在世的时候，彻底顿悟了，又反思哪些该做好的事没做好、哪些应当珍惜的时刻没有用心享受，往往会有"子欲养而亲不待"的缺憾。

光阴似箭，日月如梭，转眼之间我们也渐渐变老了。父母走了以后，回到老家的祖宅，一切如我上次返城前的模样，冷冷清清，我也犹如被风吹落的树叶、断了线的风筝，没了方向感和归属感。

◎ 母子手搀手

2014 年"五一"假期结束，早饭后，我又要返城上班了。娘跟我有说不完的话，和往年一样不舍得我们走，话语中透出委婉的留恋。离开时，娘忙着给捎上这、带上那，担心落下什么东西，又特别嘱咐我"已经不是小孩子了，该知道照顾好自己啦"，其实我在娘的心目中一直没长大，好像怎么嘱咐也心里放不下。娘脸上有强装的笑容，心底分明也有难舍的泪花。

娘的腿因风湿性关节炎，严重变形，执意起身要送我。娘俩情不自禁地往西侧的大街口走，我们走得很慢。娘虽然若无其事，其实是咬着牙，忍着剧烈腿疼送我的。我用敬佩的眼神看着娘，顺手用右手握住了娘的手。阳光从东侧、从身后照过来，把我们母子手搀手前行的背影叠印在路面上。我不时暂停一下等等娘，再低头凝视，娘的目光是那么温暖和柔美，只见一缕白发搭在娘的额头上，被风吹起，在阳光照耀下格外耀眼。娘走到车跟前，一再嘱咐我儿子："你是好孩子，开车一定小心，注意安全哦。"上车后，我妻子后悔地说："当时有个相机拍下你和娘牵手的这个瞬间就好了。"我笑着说："是啊，题目就叫'娘俩手搀手、心贴心'。"父母爱子如命，父母深情凝望子女的视线一刻也不曾从孩子身上离开。无论在娘的身旁，还是到外地工作，娘的疼爱无时无刻不在身边。哪怕是神志不清的弥留之际，母爱也是清醒坚定的。这是人性的奇迹。爱和被爱是尊贵和神圣的，其实又是很简单、生活化的，但真正体味到其含金量和价值又是艰难和漫长的，犹如铁杵成针，只有用心才成真。

我渴望岁月眷顾，能延续娘几年生命，最大的愿望是娘能笑哈哈地领上重孙女、重孙子，娘能继续为我做顿饭——我不怕蔬菜择不干净有青虫、大米淘不干净有砂粒，我退休后开着自家轿车拉上娘去兜兜风、观观景，让娘掂量掂量我新出的书有多么重、看看我大红的获奖证书……

"父母在，人生尚有来处"，这是庆幸与自豪；最戳人泪腺的，是"父母去，人生只剩归途"。如今父母已埋在了我们村西北方的柴虎山上，只有清风细雨相伴，朝阳晚霞跟随，九棵刺柏相陪。多少次在梦里，冰冷的泪水和月光一滴滴洒在凉凉的坟头上。

"父母的坟在哪儿，自己的根就在哪儿。"儿奔生、母奔死，每一对母子都是生死之交，都是生命的奇迹。我们终其一生，偿还不了母亲的恩德。父母在时，一大家子聚在一起，说说笑笑，其乐融融。母子今生今世的缘分，就是今生今世父母持续不断地目送我们远行的背影。我们在彼此的视线中越来越模糊，伴随岁月匆忙的脚步渐行渐远，直至生离死别。春夏秋冬，一个个、一次次的生命轮回，终点又是起点，生命一直在苏醒与接续之中……

　　为什么我总是眼含泪水？因为我爱得深沉！

　　为什么我总是念念不忘？因为母爱炽热绵长！

娘的白发

岁月无情，不知不觉娘老了，满头的黑发悄悄变白，像一团白云盘上头顶。我知道，娘的缕缕白发是不尽的操劳染白的。我从偏僻的小山村，一步步走进省城。离老家越远，思念愈重；离故乡越久，眷恋愈深。以至于在看见满头银发的老人时，油然产生一种亲近的情感。

我对娘早年的事情了解很少。娘出生在战乱年代，家境贫寒。嫁给父亲时，家里同样一贫如洗。生我时，娘用唯一的破棉袄包着我，自己只盖着个破草毡子。面对生活的困苦与艰难，娘总是乐观自信，从不怨天怨地。在那个凭工分分口粮的年代，只有父亲是个全劳力。娘除了忙家务，喂猪狗鸡鹅，也得挣工分。记忆中，娘一年四季总有干不完的活，从不歇息，可还是填不饱肚皮。

　　饭吃不饱，就更难添新衣裳了。大人孩子的衣服都是补丁摞补丁，春节才可能扯上几尺布，做件新褂子、裤子，或纳双布鞋，或把衣裳打个新补丁，洗得干干净净。我不理解娘为什么没有给自己添一缕布丝，更不懂娘的辛苦和心中的愁苦。

　　娘不识字，但她知道识字重要，千方百计供孩子读书。我上小学时，家里的日子过得很紧巴，娘却狠狠心给我买了一盏煤油罩子灯。那时的煤油凭票购买，每家每月一斤。煤油不够，娘经常到商店求情，或想办法借油票。实在没法，就用墨汁瓶或萝卜头造个点豆油、花生油的灯。我读书，娘就忙她的事，或在灯下做针线活。有时，娘会停下手中的活，听我读书，背诵课文，脸上洋溢着一种神奇的幸福。我常在娘的督促下进入梦乡，黎明被叫醒时，娘早已开始了新一天的劳作……

　　娘性格坚强，无论日子多么艰难，从不落泪，却因条件所限，不能满意，而为孩子揪心难过。我到县城上学前，娘不停地张罗着，恨不得让我把家一块儿背走。临走前一天晚上，娘专门做了顿好吃的，请来本家的几位爷爷和叔叔，既为我送行，也算是对街坊邻居的答谢。娘坐在灶边烧水，泪珠不时从脸颊上落下来，我悄悄问："娘，娘你怎么哭了，不愿我走呀？"娘忙用衣襟擦掉泪水，轻声叹息："外出上学都没有几件像样的衣裳，可别让人家笑话。"娘总感觉欠了我什么。

　　娘的和善有口皆碑。亲戚朋友，街坊邻居，有了难处，娘总会全力帮助。自家的事总是尽力去做，不愿麻烦别人。年纪大了，耕种、收获时，叔叔和堂弟们常帮帮忙。娘总是念念不忘，想法请吃饭，或者送点东西表示感谢。家里来了亲戚朋友，她尽可能做几个菜，烙上几张饼，无论如何不能丢了面子，亏待了客人。娘事事关心别人，唯独不顾自己，好像自己是铁打的一样，生病了也不舍得买药，一声不吭地硬撑着。

娘从来不图儿女的回报，只是期望儿女们争气。她常说，娘不图你们当什么官，不图你们的钱财，只盼着你们在外实实在在地做事，大人孩子平平安安。娘把自己的心血，全都奉献给了我和家。每次回家，娘像招待贵客，忙里忙外，问长问短。望着娘操劳的身影和晃动的白发，我心中十分愧疚。离家时，娘总是将我送至门外很远，目光中充满关爱和嘱托，又有几分不舍和期盼。风吹起娘的满头白发，眼里泪水盈盈，我都不忍心回头……

夜深了，一缕月光透进屋里。恰如娘那满头的白发。我的惦念都浸进这圣洁宁静的月光里，溜回了至亲至爱的故乡。

仰望弯腰驼背的娘

时光穿梭，流年飞逝。我的老母亲已经腰弯了、背驼了。

娘弯腰驼背，是长年弯腰劳作的后果。记得我爷爷在世时曾经夸我娘是我们家的有功之臣。我奶奶去世早，当时我的叔和姑才 10 岁左右，是我母亲既当嫂子又当娘，拉扯着他们长大，结婚，出嫁。那个年代队里靠工分分粮，我娘既要照料家，还要到队里干活。为了一家人的生计，精打细算，节衣缩食，还想尽办法，供我们兄妹几个上学读书，给我们欢快幸福的童年。一天天，一年年，娘弯着腰择菜、炒菜、做饭、洗衣服、烙煎饼，弯着腰扫地、剁猪食，喂猪、喂鸡、喂狗，弯着腰翻地、锄草、挑水、担粮、割庄稼……娘比常人吃了更多的苦，流了更多的汗，尽管额头早早添了白发，可脸上绽放着自信的笑容和真实的满足。渐渐地，我也由仰望娘，到身高超过了娘。

娘是沂蒙山区普通地道的农民，不识字，但无论干家务，还是种地、种菜园，都是一把好手，从不示弱服输，一言一行、一举一动都深深印在我的脑海中。

父母年龄越来越大，我说服他们把责任田转包了，只剩下半亩菜园地，一来有点事情可做，也算个锻炼项目，二是能够随时吃上新鲜的蔬菜。当然无论什么季节，也不会太忙太累、太让我们牵肠挂肚。记得那年中秋节，我照例回家看望娘。本以为她日子过得比较悠闲，谁知她却顶着凉飕飕的北风，正在别人刚收过的地里用镢头翻地瓜。地埂上的槐树叶子已经微黄，田野上只有零星的农民在劳作。远远地望见娘满头白发被风吹起，像一团白云，斜阳从她的背后照过来，把弯曲孤单的黑色剪影叠印在地垄上。那情景让我一阵心痛。娘怕我们生气，笑着说："闲着难受呀。这么好的地瓜埋在地里，白瞎了！"

这些年，娘的身体大不如从前，我知道那都是年轻时辛苦、操劳留下的病根。娘几次生病，我们都是尽最大努力治疗。娘心疼儿女的钱，顽强地配合治疗，一次次创造着奇迹。可惜因长期风湿性关节炎，两条腿变了形，弯腰驼背了。

人一旦弯腰驼背，更显得老、显得矮，稍一活动就会气喘、气短、气急，甚至不停地咳嗽。多少个节假日，白发稀疏、弓腰驼背的娘，拄着拐杖，站在街口，眯缝着那昏花的老眼，像遍地挑黄豆一样盯着每一个行人，眼巴巴地盼着我们全家归来。为接待我们，娘有时提前打上止腿疼的针，即使疾病缠身，也硬撑着忙里忙外，还必须亲自炒菜、做饭。往往刚吃完早饭，就忙着盘算和准备午饭了。望着娘操劳的身影和飘动的白发，我愧疚地对娘说："本想回家看您，却净给娘添累了。"娘总是笑着说："高兴，高兴，再累也高兴。"如今生活好了，爹娘也老了，好东西也不敢多吃了，想起来，心里酸酸的……离家时，娘总是执意把我们送到大街口，有时还偷偷抹眼泪。看看爹娘日渐苍老的身影，我的心沉沉的，顿生几分伤感，不敢回头凝望。每当清静下来，每当回到村口，我的耳畔就会真真切切地响起娘温馨的呼唤，刻骨铭心……

弯腰驼背的娘，已被岁月和辛劳夺走青春容颜，依然是我人生的依靠和灵魂的拐杖，时刻给我亲情、给我温暖向上的力量。

回家吃顿娘做的饭

节假日，回老家吃顿娘做的热乎乎的饭，是多少住在城里人的一种梦想，甚至是一种奢望。

每逢节假日，我们一家三口总有共同的愿望：那就是赶快回老家，一家老少团聚，吃几顿合口味的庄户饭，尽情享受其乐融融的家庭幸福，欣赏山乡没受任何污染的至真、至善、至美的自然景色，感悟宁静淡泊、淳朴温厚、慈善平和的心境。现代人在匆忙的生活中遗忘和失散了许多宝贵的东西，但唯一没有改变和遗失的是那浓浓的乡情与温热的亲情。平常没时间，那就在节假日还愿、如愿吧。

民以食为天，人来到这个世界，只有会吃东西，才能获得生存的权利。人赖以生存的，除了水、空气，便是食物了。大多数男士，结婚成家前，二十几年一直吃着娘做的饭；婚后几十年如一日，吃妻子做的饭。天长日久，这饭有时可能显得单调，却饱蘸感情、深藏厚意。我在外工作近 30 年，每次回老家，爹总是早早跑到集市上买回各种各样还沾着泥土、露水的蔬菜、水果等，娘总会做上满满一桌子饭菜，还反复地劝说："外边的饭不如家里的香，多吃点，多吃点！"岁月沧桑，地老天荒。一年年走过来，我和几个妹妹都长大了，爹娘也被岁月催老了。我深深地感到，只要献给爹娘一句温馨的问候，一个甜美的微笑，冷清的院子会立刻温暖起来，平淡的日子会顿感五彩缤纷。

当下，人们常谈论幸福，其实幸福很简单，回家吃顿娘做的饱含母爱、热气腾腾的饭就是一种幸福。这些年，春节放长假，有比较充足的时间回家过年。守着年迈的爹娘，仔细聆听娘的唠叨，欣赏爹下地耕作、打理菜园，放心地品尝、慢慢地咀嚼、尽情地回味娘做的饭。在家的日子，娘总会把积攒了一年的好东西纷纷拿出来，变着花样做给我们吃，顿顿都是七个碟子八个碗，像招待远方尊贵的客人。吃饱了，娘还逼着再多吃几口，恨不得把所有好吃的东西都塞进我们的肚子里。娘看着我们吃得打饱嗝或者满头大汗，便会开心地笑了。说实话，我这些年在外工作，也吃过一些山珍海味，有些娘肯定没见过、没听说过，更没吃过。可娘还是执拗地为我做她认为世上最好吃、我应该最爱吃的东西。多少次，我凝望着娘满头的银丝、满脸的风霜，泪水伴着感激与感动在眼眶里打转。情真意切的母爱刻骨铭心、魂牵梦萦，随着年龄的增长和生活阅历的增加，我更加牵挂和依赖亲人，更加珍惜与爹娘团聚的日子。

娘偶尔进城，我也曾多次动员娘到饭店吃顿饭，可总是被娘推辞了。有一年正月十五，老娘来济南检查身体，我们全家硬是把娘拖到饭店吃了一顿，总共花了200元钱，这可把娘心疼坏了，娘很不开心。回家时，还一边走一边念叨，"你这孩子就是不听话，这要是自己做着吃，该吃多少顿呀！"

记得那年大年初三，全家大鱼大肉吃腻了，我就自告奋勇要炖萝卜吃。响应最快的是娘，其实娘不相信我做的菜会好吃。自家过冬的大萝卜又大又脆，我洗净切成块状和排骨混在一起，用小火慢慢炖，出锅前放上些许辣椒、香菜和味精，趁热盛出来，口感确实不错。娘尝了几口，自豪地说："好吃，儿子白水煮萝卜也好吃！"言语中透出一种幸福和满足。年幼时体会不到在那贫寒的岁月，娘在烟熏火燎中忙碌着做饭的无奈与辛苦，当自己为人父母之后，对父母的恩情也有了更深刻的感受和体验，多少次劝告、提醒自己一定用心孝敬父母，但连偶尔为爹娘做顿饭这样简单的事都做不到，心中常怀愧意和歉疚。

节假日，回家吃顿娘做的饭，是一次幸福而快乐的旅行，是对逝去岁月的追溯和留恋，源自对父母的牵挂和对浓浓亲情的期盼。偶尔为娘做顿饭，那是对父母养育之恩的一种纯朴、实在的报答，还可享受报恩的快乐，消除城市生活的烦恼和浮躁。

煤油灯

煤油灯似乎离我们的生活已经很久远了，许多孩子只有在博物馆、纪念馆才能见到它的身影。偶尔停电，大家也是用蜡烛替代照明。在我记忆深处，那如荧的煤油灯，依然跳跃在乡村那漆黑的夜晚，远逝的岁月也都深藏在那橘黄色的背景之中。

我的家乡就在一个山村里，房子无规则地散落着。岁月如歌，人间沧桑。记忆中的小山村，白天有刺眼的阳光，傍晚有燃烧的夕阳，晚上有晶亮的月光，黑夜有跳动的磷火、飞舞的流萤，并不缺光。那时山村没有电，祖传的照明工具就是煤油灯，印象最深的是那煤油灯的光芒。油灯那跳动着的微弱的光芒，给遥远而亲切的山村和山民涂抹上昏黄神秘的颜色，也给我的童年升起了一道生命的霞光。

二十世纪六七十年代，煤油灯是乡村必需的生活用品。家境好一些的用罩子灯，多数家庭用自造的煤油灯。用一个装过西药的小玻璃瓶或墨水瓶子，找个铁瓶盖或铁片，在中心打一个小圆孔，然后穿上一根用铁皮卷成的小筒，再用纸或布或棉花搓成细捻穿透其中，上端露出少许，下端留上较长的一段供吸油用，倒上煤油，把盖拧紧，油灯就做成了。待煤油顺着细捻慢慢吸上来，用火柴或火石点着，灯芯就跳出扁长的火苗，还散发出淡淡的煤油味。

煤油灯可以放在很多地方，譬如书桌上、窗台上，也可挂在墙上、门框上。煤油灯的光线其实很微弱，甚至有些昏暗。由于煤油紧缺且价钱贵，点灯用油要非常注意节省。天黑透了，月亮也不亮了，各家才陆续点起煤油灯。为了节约，灯芯拨得很小，灯发出如豆的光芒，连灯下的人也模模糊糊。灯光星星点点，飘闪飘闪。忙碌奔波了一天的庄稼人，望见家里从门窗里透出来的煤油灯光，疲倦与辛苦荡然无存。

晚饭以后，院子里光线已经暗了，娘才点起煤油灯，我便开始在灯下做作业。有时我也利用灯光的影子，将五个手指做出喜鹊张嘴、大雁展翅的形状照在土墙上，哈哈乐上一阵子。娘总是坐在我身旁，忙活针线活，缝衣裳，纳鞋底，一言不发地陪伴我。娘那时眼睛好使，尽管在昏黄的油灯下且离得较远，但娘总能把鞋底上的针线排列得比我书写的文字还要整齐。春夏秋冬，二十四节气，娘一直在忙着纺呀、织呀、纳呀，把辛劳和疲倦织纳进额头、眼角。漫长的冬夜，窗外北风呼啸，伴随油灯捻子的噼啪声，娘在用自己的黑发银丝缝制希望，把幸福、喜悦一缕缕纳成对子女的期待。为了能让我看得清楚，娘常常悄悄把灯芯调大，让那灯光把书桌和屋子照得透亮。有时候，我正做着作业便进入了梦乡，醒来时却发现柔和昏黄的灯光映着母亲慈祥的面容，识不了几个字的母亲正在灯下翻阅我的作业本。

童年难以忘怀的记忆，都与煤油灯有着直接的联系。在煤油灯下，我懵懵懂懂地学到了知识，体会到了长辈的辛苦，更多的是品尝到了亲情的温暖。煤油灯，一次次感动着我，一次次驱散我的劳累与寂寞。

布鞋

世上鞋的品种、样式、颜色应有尽有，令人眼花缭乱，但让我久久难以忘怀的，还是童年、青年时代的布鞋。

二十世纪六七十年代，故乡大人、孩子穿的都是布鞋。衣服旧得实在没法穿了，就把补丁一层层拆开，把有用的地方剪成一块块的碎布料。家家都有针线笸箩，里边装满了剪裁缝补衣裳剩下的布片或布条，我们这里叫"铺衬"。那铺衬五颜六色，薄厚不一，颜色不一，新旧不一。铺衬积攒多了，就选个太阳毒的日子，把面板或木锅盖或木饭桌支在院子里，用铁锅调出热气蒸腾的糨糊，把新一些的布料和旧一些的布料错开，将厚一些的和薄一些的摊均匀，将碎布条一块块、一层层粘起来，在太阳底下晒上几个小时，就成了硬邦邦的"阁子"（褙子）。如果赶上阴雨天，就拿到热炕上或火炉上或热锅里烘烤，那阁子成色也不差。做鞋前，先找村里的巧媳妇，按脚大小，照着棉鞋或单鞋样式，先在纸上剪出鞋样子，然后把这纸鞋样缝在阁子上，唰唰几下就剪出鞋底、鞋帮，然后就可以做鞋了。

那时乡下孩子很少有鞋穿，谁能穿上娘做的新布鞋，准会挺胸阔步，炫耀一番。我娘一生勤劳，做得一手好针线活。春天，为我做一双或圆口或方口的布鞋；冬天，为我缝一双黑粗布甚至黑条绒的厚棉鞋。看娘做鞋，是我童年记忆里最为鲜亮的风景。

纳鞋底是既细致又累人的活儿。娘总要用一块布包着鞋底纳，想方设法不把鞋两侧的白布弄脏。夜深人静时，娘坐着小方凳，弯腰弓背，一手攥住鞋底，一手用力拽针线，指掌间力气用得大、用得均匀，纳出的鞋底平整结实，耐穿。那动作，轻松自如，透出一种娴熟、优雅之美。那针线密密匝匝，稀疏得当，松紧适中，大小一致，煞是好看。纳鞋底的时间长了，手指会酸痛，眼睛会发花。有时娘手指麻木了，一不小心就会扎着手指。看到娘滴血的手指，我很心疼，便安慰娘道："等我长大了，挣钱买鞋穿，你就不用吃这苦了。"娘微笑着说："等你长大了，有媳妇做鞋了，我就省心了。"望着鞋上密密匝匝的小针脚和娘那疲倦的眼睛，我激动不已。多少次我听着油灯芯热爆的噼里啪啦声，那熟悉的麻线抽动的哧哧声，渐渐进入温柔缥缈的梦乡。

娘做的布鞋伴我度过了艰苦的学习生活。娘经常笑着说："孩子咱可要听话、争气，咱不和人家比吃比穿，咱得跟人家比学习。识字多了，才有出息，才不愁没鞋穿。"后来，我准备进县城读书了。多少个夜晚，灯光摇曳，娘把纳鞋底的绳扯得很紧，牢牢地、细细地把所有关爱都纳进了鞋底。入校时我拿出自己的布鞋，将鞋面贴在脸上，那软软的绒毛仿佛儿时娘的抚摸，似乎又看到了娘期待的目光。我们这些年龄不大就离家的孩子，记忆中娘的一喜一怒、一举一动都成了美好的回忆。

如今城市人穿布鞋已逐渐成为时尚。穿惯皮鞋的都市人，开始与布鞋有了缘分。无论身在何处，有一双布鞋，一双饱含亲人惦记和祝福的布鞋，就学会了感恩，尽管踩着纵横交错的路，有黑暗、有泥泞、有坎坷、有暴雨，可人生的路不会错、不会斜，心中总是洒满春风、阳光、幸福和欢乐。

年夜饺子

北方人有个好传统，在外奔波的游子，无论路途多么遥远，都会在吃年夜饺子前，赶回老家探望爹娘，同亲人团圆。从锅里捞出热气腾腾、飘香诱人的饺子，那是全家人最温馨、最幸福的时刻。

二十世纪六七十年代，百姓生活不富裕，在我的故乡沂蒙山区，各家各户只有逢年过节才舍得吃顿饺子。尤其是年夜饺子，更是辛苦一年的重头戏。年三十这天，媳妇、姑娘们早早忙碌起水饺的事情，锅碗瓢盆叮当响，择菜、剁馅、和面、擀面皮、包饺子……皮要擀得薄，馅要包得多。饺子馅大都用猪肉和大白菜调拌而成，巧取"有"和"财"谐音。有时掺进卤水豆腐，叫"包福"。剁馅的时间长，说明这家富有、包的饺子多。包水饺是个灵巧活，把擀得又薄又圆的面皮放在左掌中，装进馅对折后，用右手的拇指和食指沿半圆形边缘捏制成弯月形，像元宝的形状。饺子摆放也有规则。一般先在盖顶、簸箕中间摆放几只元宝形饺子，然后一圈一圈地向外摆，放得整整齐齐，看着也顺眼。过去为了"早发"，天不亮就忙着吃饺子、拜年，如今也与时俱进，改到天亮了。

用什么柴火下新年的第一顿水饺也很讲究。我爷爷在世的时候，每年秋天都早早把黄豆秸或芝麻秸晒干，打成整齐的捆贮藏好，就等年夜煮水饺，火会越烧越旺，用它们烧水下的水饺可口，还预示着来年日子节节高，有想头。

锅里煮饺子，不能用铁铲乱搅动，最好用木铲顺着一个方向，贴着锅沿铲动，形成圆形，这样饺子不粘连也不会破。母亲却每年故意用铁笊篱把饺子弄破了几个，口里念叨着："今年又挣了，又挣了。"那是一种美好期待，图个吉利，讨个口彩，增添除夕夜的欢乐气氛。

年夜饺子吃得"隆重"。俗语说："大年三十吃饺子——没有外人。"这是亲人、家人团聚的象征。山村，平时一家人吃饭，座位是按长幼辈分排序的，家庭主妇守在桌子最外边，主要是上菜端饭方便。这种规矩虽有些封建，但显得自然亲切。年夜饭象征团聚、团圆，必须一家人同时上桌吃。这时，长辈们尽享儿孙绕膝的天伦之乐，欣然接受晚辈客套的拜年和祝福，满脸的皱纹开成了"金菊花"。晚辈们欣悦地接受家长训诫，点头致谢养育之恩。吃年夜饺子，是有俗规的。第一碗要敬先祖、供诸神。在院子里或者供桌前，奠完三碗饺子，烧尽三卷火纸，虔诚地祈祷一番，接着点燃辞旧迎新的鞭炮，一阵噼噼啪啪的鞭炮声之后，一家人就可以高高兴兴地动筷子吃大年饺子了。

记得我小时候吃饺子时，一家人都盼着自己能吃到"秘密"。那饺子里有的包着红糖，有的包着二分、五分的硬币。每当我爷爷吃到糖饺时，总会咧着掉了牙的嘴巴甜美地笑着。有几次我直吃得满头大汗，肚子都撑圆了才吃到硬币。母亲在一边开心地偷笑，脸上挂着满足与欣慰。后来才知道，母亲认识每个有秘密的饺子。

我老家沂蒙山区有"起脚的饺子，落脚面"的风俗和"好吃不如饺子"的口头禅。现在生活条件好了，吃饺子也容易了，但由于做工讲究复杂，仍不愧为美食。商店里也摆满了各种馅、各种样式的水饺，但口感不敢恭维。每次过年回家，临返城前娘总会自己动手给我们再包顿水饺送行，娘说，好不容易回家一趟，快趁热吃吧！吃了这饺子，会一路平平安安、日子圆圆满满。水饺里分明盛满了母爱，包裹着长辈对儿女的牵挂，无论我们走多远，也走不出亲人的惦念。

我期盼除夕，回到故乡那个小山村，守着年迈的爹娘，望着小院里高悬的红灯笼和窗外飘舞的雪花，手捧一碗热气腾腾的饺子，有滋有味地品尝丰收的喜悦和生活的甜美，享受温暖如春的亲情与幸福的时光。

赊小鸡

乡下人说话算数，落地砸个坑。我的故乡沂蒙山区，人更是实诚，民风好。在我童年的记忆中，最有趣、最典型的就是"赊小鸡"的故事了。

二十世纪六七十年代，刚开春，树刚冒芽儿，村头就响起"赊小鸡来——赊小鸡"的吆喝声。所谓"赊小鸡"，就是农家春天买小雏鸡、秋后还账的办法。卖雏鸡的商贩挑着两个大箩筐，或用自行车驮个大箩筐，颤悠颤悠的，翻山越岭、走村串巷，从村这头吆喝到村那头，哪村哪家什么日子赊了多少鸡崽，他一一记在小本子上，秋后他再捎着那个皱巴巴的小本子来收钱，谁家如果实在没钱，也可拿鸡蛋来顶账。当时我就琢磨，假如赊鸡的人不认账怎么办？那小本子弄丢了可咋办？

商贩一落担，最先围拢过来的是我们这些蹦蹦跳跳的孩子。孩子们调皮地学着卖力吆喝，"赊小鸡啰——赊小鸡呦——"！婶子大娘们赶过来了，商贩赶忙招呼说："婶子大娘，这头茬鸡便宜卖。母鸡两毛，公鸡一毛五。"大家围着箩筐，问明赊法，便围着箩筐像一群小鸡一样叽叽喳喳地挑选。箩筐里满满的鸡仔，鹅黄色、绒绒球似的，张着黄黄的小嘴，发出"叽叽"细弱嘈杂的叫声。小雏鸡一边鸣叫着，一边拼命往边上挤，煞是可爱。伸手触摸，柔软舒服、心里暖洋洋的。

我娘挑雏鸡，我大都跟着当勤务，主要是挎着竹提篮盛小鸡。娘先在大笋筐边观察，看哪几只叫得欢。然后伸手在笋筐里挑，把挺精神的几只，拿出来放在脚前的地上，让它们跑、让它们叫。那些不活泼的，顺手又送回笋筐里，再换出几只。有一只特别调皮，放在地下就往远处跑，娘笑嘻嘻把它捉回来。嘴里嘟嚷着："我让你跑！""我让你跑！"一把抓起来，放进自家的提篮里。

挑出品质好的雏鸡，然后再辨公母。那个生活困难的年代，各家各户养鸡主要是下蛋，以便换取针线、火柴、食盐等生活的必需品，因而小公鸡并不吃香。轻轻拿起"叽叽"叫的小鸡，仔细端详它的爪子、屁股和鸡冠子，十有八九能认准公母，实在没看准，收款时可以再作说明。没顾上回家拿工具的，就直接用簸箕、竹筐或者褂子的前襟兜着。挑选够数后，主动让赊小鸡的过数、记账。

新赊的小鸡，刚出壳没几天，不敢散养，一般放在肚口大而深的竹提篮或者圆口簸箕里养着，底下还要铺上干净柔软的布。定时喂些泡过的新小米，有时还拌上些又嫩又碎的白菜叶，用布罩起来挂屋梁上或者挂院子里，主要是怕小鸡跳出来跌伤，还怕被猫、黄鼠狼吃了，等小鸡长出翅膀、有了自我保护意识，能听懂呼唤声时才能撒开。

我曾经问娘有人赖账怎么办，娘说，不会的，咱村没有这样的人。真要是赖账，会被人戳脊梁骨，唾沫星子也会把他淹死，在村里就抬不起头来。记得有一年我娘挑了二十只雏鸡，可没养了三天就死了四五只，秋天商贩来收款时，按规矩可以扣除死去的几只，可娘竟然全额付了钱，我忍不住问："小鸡死了也收钱？"商贩睁大眼睛问我娘。娘瞪我一眼："别听孩子瞎说。"事后，娘告诉我，人家赊小鸡的挺不容易，咱不让人家吃亏。各家各户的小鸡，大都会长大，但也有的被黄鼠狼叼走了，有的被猫吃了，有的拉肚子拉死了，有的人家只剩下两三只，还有的甚至"全军覆没"。秋后都会按当初谈好的价格十分爽快地把钱交给赊小鸡的商贩，没有赖账的。当然赊小鸡的也会区别不同情况，给予适当优惠、照顾。

我儿子五六岁时候，每年开春来了赊小鸡的，他总会赖在笤筐边上用小手抚摸着那些可爱的毛茸茸的小鸡仔，久久不肯离去，非要自己也养几只。我娘每年都专门挑上二十只小公鸡。专选小公鸡，精心饲养到暑假，每只都长到一斤左右，儿子放暑假回家，娘每天宰一只，犒劳她那馋孙子。娘说：吃小公鸡，孩子长得结实。前些年，我们全家陪父母逛天安门，儿子用轮椅推着奶奶，累得满头是汗。目睹此景，我夫人感慨道："那小公鸡真是没白吃。他奶奶没白疼呀！"

弹指一挥间，半个世纪匆匆而过，"赊小鸡"的行当虽然消失了，可回想起那充满诚心善心的淳朴民风，依然温暖心窝。

陪爹娘游览天安门

母亲节的前一周，我携妻儿陪同年迈的爹娘去了一趟北京，游览了天安门。那两天，天公作美，雾霾散尽，天蓝云淡，温度适宜，看了个清晰痛快。陪老爹老娘逛天安门是件辛苦却又很惬意、幸福的事情。

记得我上小学时，掀开语文课本，第一课，是带着拼音的"毛主席万岁"；第二课，就是带着拼音的"我爱北京天安门"。我爹娘都是老实巴交、勤劳厚道的农民，记忆中比天大的事情就是毛主席在天安门城楼上宣告新中国成立，农民有了自己的土地，过上了安稳日子。天安门成为百姓翻身的标志、幸福的象征。原来农村放电影，最先放出来的必定是闪着金光的天安门，大伙羡慕地望着美丽的天安门，感觉天安门那么神圣，又那么遥远。游天安门是多少中国人特别是农民做梦也不敢想的大事情。

我爹身子骨硬朗。我娘体弱多病，因长期患风湿性关节炎，两腿变形，走路困难。一辈子没出过远门。如今节假日多了，爹娘岁数越来越大了，我就琢磨着让爹娘"圆梦北京"。当我第一次郑重提出来陪爹娘去北京时，不善言辞的爹只是笑笑，算是默许，娘说："我没出过远门，身子骨又不好，去不了呀！去趟北京，那得扔多少钱呀！"

当娘得知我们准备用轮椅推着她游北京后，就一直劝我：

"你推着个瘸腿娘去北京，净让人笑话！"

我说："推着您，走得快，既省力又舒服！谁笑话？人家肯定得羡慕呐！"

那年5月，我们终于坐上了去北京的高铁。我安排娘坐在靠窗的座席，爹挨着娘坐，我坐在最外边，不停地指点解说：

"您看，这就是黄河，一碗水半碗沙。"

"已进河北界啦，这里也开始成片种蔬菜了。"

"这是天津地，早年叫天津卫，'狗不理包子'和'十八街麻花'最好吃。"

"您瞅瞅，这就到北京了，这高铁够快的吧！"

来到北京，头等事就是去游览天安门。我们一家老小趁着阳光柔和，在天安门广场慢节奏地逛了一圈。

蓝天白云映衬下的天安门城楼，金碧辉煌，更显威严大气。国徽高高悬挂在殿檐间，犹如一轮镶了金边正冉冉升起的红太阳；毛主席画像透着慈祥与伟大，在这暖日阳光里，让我们全家感到从来没有过的亲切与温暖；画像两边的标语，红底白字，大气鲜明，热烈庄重……金水桥畔，值勤的武警战士透着威严与神圣。我和妻子、儿子明确责任和分工，尽情地陪着说，陪着笑，那么开心舒心，那么自然坦然。我儿子个高，虔诚地躬腰用轮椅推着奶奶，妻子不时为儿子擦拭额角的汗珠。那场景，在阳光照耀下，温馨暖人。娘高兴地说："以前只是在画上、在电视上看，现在看到真的天安门啦！"我安排大家依次站好，在天安门前拍下了一组全家福。

黄昏时刻，我们又登上了天安门城楼。长安街上川流不息的车辆像飞奔的长龙，那壮观的气势渲染出浑然一体的和谐景象。广场上那造型别致、独具匠心、五颜六色的花坛，在璀璨的霓虹中映出了瑰丽的辉煌！我一边忙着拍照，一边当导游：那是毛主席纪念堂！那是人民英雄纪念碑！那是人民大会堂！那是国家博物馆！那是华表、金水桥、大前门…… 老爹老娘瞪大昏花的眼睛，好奇地欣赏着一幅幅美景。娘说："我和你爹都快80了，还能登上天安门，做梦也没想到！"父亲接过话茬儿说："自从有了毛主席，中国人才不挨打，才直起腰杆。"

我的爹娘扛了一辈子锄头，在沂蒙老区那个偏僻的小山村，亲历了中国革命、建设和改革的各个时期，一生辛劳，对党、对毛主席感情深厚，终于在晚年眼噙泪花圆梦天安门。

回到济南，我挑选出一组最好的照片，专门设计制作了一本精美的画册，送给爹娘，努力把那份幸福和快乐聚集和放大。这次游览天安门，成为爹娘一生中最美好、最荣耀的记忆，也圆了我们全家的孝敬之心和感恩梦。难忘年迈的爹娘那开心、幸福的笑容，像两朵沉醉的秋菊，盛开在青春永驻的天安门前……

不变的，是牵挂

笔墨书信，曾是我们的先辈传递信息、交流感情的便捷工具，是礼仪与文化的重要部分。阅读一行行文字，心头便涌起几分庄重与愉悦。特别是写给亲人和朋友的信，不带功利，没有掩饰，只有沉甸甸的真情和砸断骨头连着筋的牵挂。可以想象，在交通不便、信息闭塞、"家书抵万金"的年代，突然收到亲人的信件，该是何等激动与兴奋。手捧信纸，字里行间仿佛跳动的都是亲人的气息和一笔一画的惦记。

记得当年我进城读书离开家乡时，爷爷和父母反复叮嘱："别忘了经常写信回家呀！"每个月读信、写信也成为我最快乐的一件事情。那句平常的"见字如面"，排解了我多少想家的苦闷和对亲人的牵挂。

如今，电脑、电话普及，手机在握，信息化手段早已代替了传统的书信。无论你是在城乡什么地方，甚至出境出国，只需按下几个简单的阿拉伯数字，家乡消息、亲人惦记、人间苦乐忧喜，都会伴着铃声瞬间抵达。在电话里倾听着熟悉的声音，思绪立刻长出翅膀，飞向朝思暮盼的故乡和亲人……

有一次，我生病住院，却以出国为由，一个多月没与父母通电话。后来父母得知真相，每次通电话，母亲总会像过堂一样，要求每人必须讲上几句话，哪怕是句简短的问候也行。我知道，其实母亲只是要听听熟悉的声音，亲自获取平安的信号，图个心里踏实罢了。通话次数多了，双方身体和情绪的微妙变化都能感受得到。身体状况不佳，往往一张口就听出来了。父母刚从地里干活回来，那喘气声会粗重，感冒了会咳嗽，即使痊愈了，一时也会留些异样的声调……

父母年龄越来越大，沂蒙老家来电话，我总是既很期盼，又有几分担心。盼着随时随地听到更多来自家乡、来自亲人的消息，担心的是来自家乡和亲戚邻居的坏消息。

生活条件好了，我和妻子也形成了每周必与父母通电话的习惯。不过父母一般不会在电话里诉说家里和家乡的坏消息，说得最多的，是些菜园庄稼、家长里短的琐碎事。亲切的声音时常激活我关于故乡的美好记忆：绿油油的麦浪，火把红的高粱，儿童脸蛋般的红苹果，撑开雪白小伞的蘑菇，踩在脚下或黑或黄的泥土，嗖嗖爬上大树察看鸟蛋的少年，山村的鸡鸣狗叫，山清水秀的景色，乡村的声音、颜色和味道……

"天气预报说有雨呀，可要少出门哦""最近气温下降，多穿厚衣服呀""我又做了油饼、水饺，可惜你吃不上噢"……母亲多少次像对待我小时候一样，嘱咐这惦记那，甚至用好吃的东西来馋我。

2012年10月底，我妻子跟随学校的团队去美国考察，当时正巧"桑迪"飓风横扫美国东部。年迈的父母是普通的农民，对美国和世界版图是没有概念的。但那个清晨，父亲急匆匆打来电话，用极少见的命令的口气说："美国刮大风啦，快打电话让孩子他妈回国吧，抓紧哦！"当我把这份牵挂传递到美国，妻子在异国他乡被这热心暖肺的惦记和嘱咐感动得落泪。

通信发达了，电话一部，耳听八方，网络信箱，情系万里，再不用"请明月代传情，寄我片纸儿慰离情"。亲人之间的联系，更多是手机短信、微信。年长者由于视力和习惯的原因，依然喜欢打电话、接电话，这样方便，心里踏实。耳背了，孩子们声音就大点。闲暇时，则拿笔给亲人写封家信，心底会涌动昏黄煤油灯下的那份温情记忆，闪动爹娘满头白发堆积的乡愁。

从叮嘱"别忘了写信"到嘱咐"别忘了打电话"，是礼仪之邦的中国人情感交流方式的重要变化。但情感的内核，那条柔韧的精神之线并不为此变化。通信方式的变化，缩短了时空距离，依旧拴系的是牵肠挂肚的万里真情与相知相守的快乐时光。

舍命保花

我娘生前喜欢花。从我记事，我家院子里就栽着月季、木槿、栀子这些泼泼辣辣的花。最让我刻骨铭心的花是牡丹。我看见牡丹，就想起娘。

我的父母是沂蒙山区普通的农民，先后住过土坯房、草房和瓦房，无论多累多苦，总是微笑着面对生命中的风和雨，向往和追求生活的亮光。那年春天，娘到济南查体，看到我宿舍院墙上开满了鲜红的蔷薇花，娘好生高兴，瞧瞧这簇，又瞅瞅那束，笑着嘱咐我："别忘了，移棵栽在咱老家院子里哦。"我笑着答应。

娘生不逢时，童年时代因战乱与饥饿，没上过一天学，却深知读书重要。新中国成立后，沂蒙山区日子贫困。在那缺吃少穿的岁月，娘从不向困难低头，恨不得把一分钱掰成两半花，咬紧牙关供我和几个妹妹读书。娘内心刚强，时常为孩子的事办得不如意而揪心难过，但无论日子多难，从不落泪。我深夜醒来，经常听到石磨沉重的转动声和木碓的舂米声，睁开惺忪的眼睛，会望见煤油灯下娘穿针引线、缝补衣帽的疲倦身影……

娘把我们兄妹几个当作命根子，倾尽一生心血养育和呵护。那年月，吃和穿是两件最难、最大的事。就单说吃吧，娘千方百计琢磨能填饱肚皮的"美味"，水饺、面条、油饼这类高档食物不必说，娘会用榆钱儿和各种野菜烙出香喷喷的菜煎饼，用土豆、南瓜加上些许白面蒸出又暄又软的大馒头。铁锅里炖着豆角白菜，锅边烙一圈锅贴儿，上边还蒸着鸡蛋辣椒。烙完煎饼后，经常把鏊子底下火星四溅的草灰拨开，堆上大小均匀的地瓜，用铁盆扣住，再用草灰培起来，这样地瓜不会烤煳，烤出来还甜软、味道纯正。

我十岁那年，冬天特别冷。学校用土坯台子当课桌，教室内外的温度没什么两样。那天娘看见我的右手面红肿，冒出冻疮，仔细查验，我的左脚趾头和脚面也是冻疮，这下可把娘急坏了、疼坏了。娘打听到獾油治冻疮愈合得快，还不留疤痕，就托亲戚朋友和街坊邻居想尽一切办法四处寻淘。当从山后的猎户家里弄来那花生油般黄色透明的黏稠状液体，娘如获至宝。当天晚上就把我的手脚用热水泡烫干净，用棉花轻轻把獾油擦在冻疮处，然后把我从头到脚塞进炕头上热乎乎的被窝里。说来也挺奇怪，只抹了几次，冻疮就在钻心的痒痒中治愈了。从此，每年天刚冷，娘就逼我穿上她亲手做的厚棉鞋和新手套，把手脚都包得严严实实，冻疮再也没犯过。

　　我上高中时，天不亮就要赶去学校跑早操。记得那个冬天特别冷，在被窝里缩紧脖子，还感觉全身被寒风穿透。凌晨，鸡刚叫三遍，娘叫醒了我，端出一碗热气腾腾的面条。透过被风撕碎的窗户纸，我看见外面下了大雪。娘笑着督促我："快趁热喝上，身子暖和就不冷啦！"我伸手接碗时，触摸到娘那粗糙的手掌，我借着昏黄的煤油灯光，仔细看了看娘因皲裂满是血口子贴着胶带的手和虽充满倦意却阳光般温暖的笑容，再闻闻香味扑鼻的面条，顿时泪水涌出眼眶。我怕让娘看见，一扭头正巧泪滴进面条汤里。我一边吃面条，一边暗下决心："一定用心读书，为娘争气。"后来我到县城上学，娘不停地张罗着，恨不得让我把家一块儿背走。娘尝遍世间酸甜苦辣，牵挂着我的每一个细节，譬如，"吃饱吃不饱""冷不冷""热不热""过马路一定要小心""啥时回家"等，这些事鸡毛蒜皮、很细小，却在嘘寒问暖中让我怦然心动，如一股股暖流冲击我的心房，浇灌我的心灵。娘知道我的粮票不够吃，就想尽办法给我捎煎饼、花生、熟薯片、鸡蛋、虾皮、辣椒酱……

沂蒙山区的父母，一生忙两件大事："盖新屋，娶儿媳。"到我结婚那年，生产队里一个工日不到两角钱，家里依旧穷，积蓄除了集体年终决算微薄的收入，就是娘养猪卖猪的钱。娘劝我爹："孩子结婚，咱屋盖好了。婚事得场面点，可别让街坊邻居笑话。"娘下狠心，动员我爹拿出全家多年的积蓄1200块钱，让我买了一台日本原装的17英寸彩色电视机，可让我村老少爷们开了眼。因婚期定在腊月，娘早早养好了肥猪、青山羊，还养了一群办喜宴用的大公鸡。光用糯米炸的送亲戚邻居的"炸果"，就盛满了家里的盆盆罐罐和所有竹提篮。娘虽然累得直不起腰，还是笑得合不拢嘴，感觉有使不完的劲儿。

娘说："走进一家门，是上辈子修的福。"娘用真诚和善良把婆媳关系处理成了亲密的母女关系，甚至疼儿媳胜过疼我的妹妹。我儿子出生后，娘最开心了，尽管年龄大了，可对孙子的爱却如同陈年老酒愈发浓烈。那真叫隔辈亲，偶尔回老家住几天，娘把心拴在孙子身上，整天笑眯眯、美滋滋，千方百计、变着花样地让他吃、让他喝，尽享天伦之乐。因而，我儿子一放假，就哭着闹着回乡下老家去找爷爷奶奶。

娘爱花，虽然生活在贫穷的乡下，繁杂的劳动之余，执着地养花、赏花，不厌其烦地浇灌、培土、施肥、移植、剪枝，仿佛侍弄的并不是什么花，而是她心爱的孩子。记得那年开春，娘把牡丹花移栽进院子里，那棵牡丹花真给娘长脸，花开得特别大、特别艳。第二年，那棵牡丹花长得瘦弱，刚要冒花骨朵，就萎缩了。第三年，枝干干瘦，无力舒展。娘很心疼，这也成为我心中的一个"谜"。

2013年春我到山东菏泽牡丹园参观，一阵急风吹来，只见牡丹花整朵整朵地坠落，绚丽的花瓣散落一地，那场面让我惊心惋惜，我突然想起关于我家那棵牡丹的疑问，于是蹲下来请教满头银发的花农。他放下手中的工具，点上一支烟，沉思一会儿告诉我："开春移栽牡丹会伤根、伤元气。牡丹开花大，又通人性，一旦有了花骨朵，就必定使出所有劲儿、耗尽所有营养，供花骨朵开成鲜艳的花。春栽的牡丹只要开花就难存活，即使活下来，两三年也缓不过苗，整个花干瘦，开不出花……牡丹是'舍命不舍花'呀！"听到这里，我恍然大悟，心灵被牡丹平淡无奇的母爱情怀所感动，对牡丹花肃然起敬。

我"噌"地站起来，感觉这牡丹花如同我娘，为了儿女不顾自己的命，泪水立刻盈满了我眼眶。那位大爷愣愣地、莫名其妙地看着我。我终于明白：娘只要看见花朵，闻到花香，即使生活贫寒，心窝里也幸福温暖，洋溢人性的魅力与光芒。面对一生平凡平淡的日子，娘倾尽自己最大的努力，供养孩子们不受任何委屈和伤害，快乐自由地成长。这品格竟和牡丹花一样！

2014年中秋节后，娘患重度脑梗住院，医生断言醒不过来，即使醒过来也是植物人。经过半年精心治疗护理，娘望着我的眼睛，清晰地喊了一句"回家——"医生担心回不到家，可娘到家后，又在冥冥之中奇迹般地顽强活了三天。恋家、恋孩子的娘在痛苦地挣扎，我想起娘一生的辛劳，看看娘的痛苦状，心如刀割，寸断肝肠。在合棺前，我看了娘最后一眼，慈眉善目的娘舒展开满脸皱纹，坦然安详地睡着了。那棵娘没顾上打理的君子兰真通人性，叶面肥厚，盎然向上，盛开出两束嫣红的花束，令人惊艳。娘去世后，我大姑哭泣着说："你娘一辈子爱花，真没白疼这花，它这是要陪你娘呀！"硬是拧下一束，献到了娘的坟头上。

春天的山村不缺花，杏花、桃花、枣花、苦菜花遍地都是，娘还养过地瓜花、芍药花、月季花……让我刻骨铭心的就数牡丹。娘是沂蒙山区一位普通平凡的母亲，忙忙碌碌，上敬老、下管小操劳一辈子，岁月撕走青春容颜，劳累压弯腰板，直到满头白发离开人世。骨肉亲情，铭心刻骨。我怀着敬畏、感恩的心情，回忆、品读娘从不向命运服输的刚强、满含微笑的自信和"舍命不舍花"的母爱精神。

转眼又到了牡丹花开的时节，黄鹂栖落在花枝上，晃动脑袋，啾啾地呼唤着什么……"舍命不舍花"的母爱，超越国花牡丹高贵坚定、品卓群芳的天性，穿越浩渺无极的时空，扎根我的心坎上。多少回我望见牡丹花，在心中轻喊一声"娘——"；多少次在道口望见弓腰驼背的大婶大娘，我误认成娘，泪水悄悄濡湿衣裳。

每每想起生活清苦却爱花养花的娘，我周身就增添直面风雨的力量！

中卷　　思念永无止息

俺爹俺娘在菜地

我的父亲节母亲节

　　父亲节和母亲节的初衷，是子女向父亲、母亲表达拳拳孝心和感恩尊敬之情，铭存那份温暖与亲情。

　　2015 年母亲节前两周，我老母亲遽然病逝。给老母亲上完"五七"坟，就在父亲节前三天，我老父亲也猝然跟随老母亲走了。老家的锅灶不再冒烟，山上添了一座合葬的新坟，亲戚邻居痛心地埋怨：这老两口走得这么急，连一句话也不说，连一声招呼都不打……

　　我的母亲节和父亲节是在撕心裂肺的悲痛中、在履行养老送终的责任中度过的。短短一个多月，生我养我、疼我爱我的父母，就前脚跟后脚地陡然离去，真是锥心刺骨、肝肠寸断，身心好似被掏空，犹如大病一场。痛苦的泪水模糊了我的双眼，可父母的音容笑貌和大恩大德却深深刻在我的脑海里，时常一幕幕浮现，清晰如昨，活灵活现。那些终生难忘、令我感动的零碎事，那些习以为常、稀松平常的关爱和叮嘱，甚至是很小很小的生活细节，都让我潸然泪下。

我的父母都是沂蒙山区厚道善良、勤劳实在的普通农民。出生于上个世纪三十年代，一辈子面朝黄土背朝天，亲历了我国革命、建设和改革的全过程，忍受过战乱、饥饿、疾病和自然灾害的侵袭与伤害，经历和体验了沂蒙革命老区那种踏实、简朴、温暖、缓慢的乡村岁月，见证了一段我国原生态的农耕文明。在他们身上集中体现了这一代农村父母的品质和为人处世方式。父母的青春岁月，是在穷日子里熬过来的，一辈子吃了两辈子的苦，用尽一生心血告诉我们一个理：人活在世上不易，就靠一股子心劲和心气。我父母的信念就两条。一是想方设法让一家老小吃饱吃好。新中国成立后和农村改革前那段年月，一大家子人总算吃糠咽菜地挺了过来，因而我从小就仰望和佩服爹娘；二是尽管家里不富裕，还是千方百计供我们兄妹几个念书识字。父母精心呵护着我们幸福健康地成长，在孩子的身上寄托着所有梦想和希望。父母不知比别人多吃多少苦、多受多少累、多费多少心血，活得更艰辛、更吃力。只记得母亲每天总是早早起床、择菜、点灶火、熬粥、炒菜、盛饭、刷碗洗碟，唤鸡喂猪喂狗。白天忙里忙外，翻地、锄草、挑水、担粮、收庄稼、割猪草、捡柴、烙煎饼；晚上不是用簸箕挑粮食、推磨碾粮食，就是一针一线地缝补衣衫。童年的生活是清苦的，可是父母一点一滴的关爱，让我铭记于心，备感温暖。记忆中，父母一生经历了这么几件大事：一是"那年祸害老百姓的日本鬼子投降，鞭炮声快把耳朵震聋了"；二是"分田到户的当年，家里的缸和盆都盛满了金灿灿的小麦"，手攥自家的命运，虽累得腰酸腿疼，可还是高兴得合不拢嘴；再就是建国65周年，我和妻子、儿子陪他们游览北京，登上了金碧辉煌的天安门城楼，娘乐呵呵地说："以前只是在画儿上、电视上看，今天亲眼看到真的天安门啦！"脸上绽放出自信且满足的笑容……多少次，我在梦里返回故乡那个偏僻的小山村，依偎在爹娘身旁，回味父母精心呵护下那无忧无虑的童年岁月和美好时光。

父母一生坎坷平淡，相濡以沫，恩爱幸福，前半辈子苦，后半辈子累，晚年生活舒心，却又疾病缠身。就在这个山村里，清贫自足，省吃俭用，淡定、称心地生活着。我父母在谈婚论嫁的年龄，都在解放区接受了婚姻自由的进步思想，虽然当时家里一贫如洗，连一间像样的草屋都没有，我娘认定"这家人心眼好"，我父亲"为人实在"，"日子穷富都靠过。只要咬紧牙，没有过不去的坎"。记得我爷爷在世时，曾夸我娘是我们家的有功之臣。我奶奶早逝，我娘就嫁过来了。我的父母起早贪黑、任劳任怨地帮我爷爷抚养我尚且年幼的姑和叔长大成人。那年月沂蒙山区已经是解放区了，虽然没了战争，但百姓日子仍然艰苦，时常被困难压得喘不过气，总算磕磕绊绊地挺过来了。我父母大事小事都商量着办，从来不吵嘴，母亲有时话说重了，可父亲不发火、不冒烟，笑笑了事。父母的脚步一年比一年慢，一步步走向衰老，嘴里经常念叨："这辈子知足，够本！"给母亲上"百日坟"时，新坟上的一根瓜蔓上竟然结出了两个甜瓜，颜色金黄，大小一般，靠在一起，大家目瞪口呆，都不敢相信眼睛。我姑流着眼泪劝我们："你们这些孩子就别再难过了，你看你们爹妈日子过得多滋润。这是在告诉我们，让咱放心呀！"

父母一辈子辛苦劳作，经历了无数的困难、坎坷和灾难，总是把穷日子过得有滋有味。上个世纪六十年代，家家小麦面粉很少，母亲把土豆煮熟剥皮后和白面揉在一起，蒸出又白又暄的馒头；没有咸菜，每年秋天都腌缸萝卜辣椒；没钱买衣裳，夜晚就飞针走线地缝补，针无数次刺破手指；逢年过节做点好吃的东西，无论如何让我爷爷尝第一口，我常常在一旁馋得咽口水。用尽心血和汗水，共同撑起一个家，我们在这把大伞的庇护下无忧无虑地长大成人。我们兄妹几个如同父母辛勤培育的庄稼，只不过庄稼只需照料上几个季节，而我们却花费了他们一生的辛劳。长年繁重的耕种和劳作，父母常常会直不起腰，满身酸痛难受。母亲只是一个普通的农村妇女，讲不出高深玄妙的大道理，也干不出惊天动地的大事，但她善良宽容，从容面对生活中的苦难，她曾教育我："家门口来了要饭的，也要好好待人家。没有难处，谁也不愿拖个要饭棍呀！"面善心软的老爹，菩萨心肠的老娘，慷慨大度，对亲戚朋友、街坊邻居都很关心，有啥难处都力所能及地帮忙，帮不了钱财帮人场，自家的事尽力自己做，不轻易麻烦别人，因而人缘好、口碑好。善就体现在日常一言一行，细微处闪耀着人性的光辉。

父亲性格随和、与世无争、寡言少语，母亲心地善良、灵巧聪慧。父亲往往把对孩子的爱藏在心里，正如茶壶里煮饺子，是不轻易说出口的，他曾批评我："你的嘴和我一样，这么笨呀。"我一声不吭，只咧嘴一笑。老父亲喝上酒后，曾开口炫耀过他的所思所为以及他教育的孩子。到后来躺在县医院的病床上，我赶到病房时，连着叫了两声"爸爸"，弥留之际的父亲只是闷闷地"嗯——"了一声，然后用那双布满老茧的手，亲切地抚摸起我的头，眼中充满无奈和留恋。我忍住阵阵心酸，用手抚摸着父亲额头深深的皱纹和满头的白发。二妹妹后来告诉我："咱老父亲清醒时，曾经后悔地说，'我应该听你哥的话，别攒了，把几瓶好酒喝了，现在想喝也喝不动了'。"父亲高大的身躯曾一路为我遮风挡雨，眼角包括整张脸都刻下了岁月的长痕。面对父亲的无奈和惋惜，任何语言都苍白无力，心中只有做儿子的责任和坚强。我明白这是今生今世最后唯一的父子道别，自己应该独自承担伤痛，强忍泪水，作出人生最庄严的承诺。父亲缓慢坦然放心地闭上眼睛，眼角有一滴泪滑下……

父母对子女的爱没有惊天动地的壮举，只是深深隐藏、浸透在每一句叮咛，甚至是每一道目光中，默默关心你的成长，悄悄关注你的一切。小时候，让我们吃饱穿暖，勒紧腰带供我们上学，夏天给做一件鸭蛋蓝的衬衣，冬天说啥也得缝一床厚实暖和的被褥；对我们没有多少言教，更多是一声不吭地示范。即使生病了也不舍得看医生、吃药，经常一声不吭地硬撑着。父母的品德和言行，影响了我的人生；我工作后，他们更多是嘱咐这嘱咐那，嘘寒问暖，关注胖了瘦了、饱了饿了……俗话说，家庭关系中最微妙、最难处的是婆媳关系，我妻子和我母亲很投缘，那么亲密和融洽。我母亲把儿媳妇当成亲闺女，甚至胜过疼我的几个妹妹，逢人就夸奖我妻子。当然，我妻子也是掏心掏肺地尊重和疼爱我母亲。母亲对我的几个妹夫，也视同自己的儿子，有疼有爱，大事小事挂在心上。前几年，父母还硬撑着在老家老房子前边，给我儿子、他们的孙子盖了几间房子，说是避免他们的孙子、孙媳妇回乡下老家没地方住，其实内心深处是想把孩子们都揽在怀里。唯父母疼爱孩子超过世间任何东西，唯有父母的慈爱之心天地可鉴、世间永存。

我最庆幸的就是，一生从没和爹娘顶过嘴，没高声争吵过，父母无论说什么，我始终默默地仔细地倾听，时而还点头回应，即使那话不正确，也让老人把话说完。有人说我过度孝顺，甚至是愚孝。老母亲是因患重度脑血栓去世的，刚患病时医生断言醒不过来了，活过来也肯定是植物人。在我阵阵呼唤后，母亲的眼角竟然冒出少许泪水。我主观判定娘有知觉，能醒过来，肯定还有话要跟我说！我多想再听听娘亲切的话语，哪怕是含混不清的只言片语，唠叨、责骂也行，精心治疗半年下来，母亲只清晰地说了一句"回家——"，直到溘然离世！在我们村，人火化后，还可以到山上土葬。父母离世后，我在父老乡亲们的帮助下，买了两口品质一样的香椿木棺材，按村规民俗，为每人都举行一个简单、节俭的安葬仪式，把父母葬得既有尊严又有脸面。我虔诚地跪在灵堂和坟前，抛洒泪水与伤悲，叩谢爹娘的大恩大德，彻悟人生苦难。

父母的相继离世，使我的情感变得更加脆弱，容易触景生情、多愁善感。有老人在，对家乡、对亲人的牵挂无时无处不在。父母离世了，我真正感悟到"子欲养而亲不待"的痛苦与无奈。每逢周末和节假日，心里空落落的。多少次不知不觉按下与父母无数次通话、老家的座机电话号码，陡然想起爹娘已不在了，只按出自己的一串泪花……天气预报、刮风下雨、气温变化，依然会惦记起老爹老娘。天凉了，又渴望老娘一遍遍地唠叨着让我添衣裳。无数次刚刚捧起书本，突然的电话铃声让我胆战心惊。一次次想起父母的音容笑貌，恍恍惚惚地感到往事一件件、一桩桩、一幕幕鲜活地浮现眼前。举手为老人梳一次头、擦一把脸，静心与老人聊一会天、通一次电话，在公园里散散步，坐在父母身旁吃顿饭，真实、真正的幸福和满足就藏在老人无休无止地嘱咐、絮叨和相伴相随的日常生活中。父母总是用常人看来毫不起眼的疼和爱，默默守护着孩子，让孩子沐浴在春日的阳光中，周身是浓浓的芬芳与温暖，直到他们长硬翅膀，走进人生的轮回。月色阑珊，最渴盼的或许就是陪你一路成长的亲人、老人，站在你的身边，永不厌倦地给你讲一辈子也讲不完的故事。把这些美好的记忆、微笑和幸福留下，把对生活、对生命的坦然留下，可以享用终生、温暖一生。2014 年的中秋夜，我们兄妹几家围绕在年迈的父母周围，大家头顶灿烂的星空，借一缕月光喝一盅老父亲珍藏的烈性酒，品尝着老母亲分给的"五仁月饼"，指指点点天上眨动眼睛的星星和眼前飞舞的萤火虫儿。父母充分享受着天伦之乐，大家谈天说地、其乐融融，铺开小山村的人间画卷……

父母离世后，我只把老宅子作了简单清扫，设施摆布都没有做大的调整。清晨，温煦的阳光把老屋的房顶染成一片熟悉的金黄。老屋的里里外外保留下爹娘曾经的生活状态，感觉院里父母的身影和爱无处不在，处处是往日生活的气息和痕迹，那话语依然回荡在空中，时而让我怦然心动。每走一步，都可弯腰拾起儿时的一段记忆，找到灼心烙肺的温暖。门槛上，父亲抚膝而坐，眯缝着眼抽烟品茶；西屋里，母亲忙着剁菜喂鸡喂狗。我老母亲腿不好，坐时间长了，站立困难。她多是坐在炭炉子旁炒菜做饭，习惯扶着门框颤颤巍巍地起身，天长日久，门框上留下油手的痕迹。我呆呆地看着这景象，心中五味杂陈，眼泪会不由自主地涌上眼眶。老宅子就空着，桌子上摆放着父母的灵位，供我们祭奠、祭拜、祭酒、祭饭。以往跨进家门，第一声都是远远地放肆地高兴地喊："娘……"现如今，爹娘已撇下我们去了天国，不再牵挂孩子们胖瘦、饭菜凉热、肚子饥饱了，只留下那几十年攒下来的牵肠挂肚的温情和美好记忆。

上天仁厚待我，命运钟情于我，让我充分享受了厚重深沉、温柔细腻、饱蘸乡土味道的母爱父爱。父母虽然一生平凡、生活平淡，可那养育之恩一生难以报答，那品德和善行让我学习、享用一生。我的父母，因为普通，我更加珍惜和骄傲；因为平凡，我更加敬畏与感激；因为对我关心细微备至，我更加感恩和怀念。父母疼爱我，在世时担心他们去世后我过分操心，于是早早在山上自己请人做好了坟墓。也许是担心儿女们记他们的忌日会伤脑筋，就选择在母亲节、父亲节前离世。这样，今生今世每当母亲节、父亲节来临，我们就会自然而然地想起父母的忌日，更加想念、怀念我们的父母，更加追忆和感激父母的恩情。

短短一个多月，父母就带着对人世间的眷恋和对子女的惦记，前跟后地去了天国。我一直劝自己一定理智，但谁也替代不了爹娘在我心中的位置。遇到事情，我就想——假若爹娘健在会怎么样？该怎么办？感觉爹娘依然在我身边。仿佛弓腰驼背的老母亲，依然一手拄着拐杖，一手打着眼帘，正在街头往村口张望……车走出好远了，我还看见母亲伫立在那里，遥望我离开的方向。秋风吹来，老槐树下落下片片黄叶，如同老娘稀疏散乱的白发，我鼻子一酸，禁不住泪盈眼眶！人生路，没有了爹娘的提醒，无论有多少风霜雨雪，都必须自己摸索着走。怀揣阳光、豁达善良，幸福和感动就相伴身旁。

眨眼又到了清明节。我凝望着东方，太阳又露出甜美而慈祥的微笑，亲吻着大地万物，抚慰着我的脸庞，一股暖流瞬间涌进我的心窝，驱散心头的阴暗与寒冷，照耀着我铭记父母天高地厚的恩情和永恒的希望。母亲、父亲相继飘然西去的时候，一定是安详而快乐，在袅袅升腾的烟雾中露出了欣慰的微笑。我擦干眼泪，抬头仰望，阳光正抚慰我的头颅，照耀我躬行的脊梁。

世间存在无声的心灵感应。父母爱子女、子女爱父母的家庭伦理，是人类共同的心声。父母和子女之间的亲情，最无私、最纯粹、最永恒。子女一辈子，走不出父母的视线，血管里始终流淌着父母的温暖。父母在，大爱鲜活，真爱感天动地，心灵经历过岁月雕磨和痛苦浸泡之后，持续涌动着缱绻的至纯至真的亲情和浓酒般醇烈的母爱、父爱，萌发出无尽的感动、感激与感恩，时常刺痛和抚慰我的心灵。我知道，无论我怎么眷恋故乡，怎么怀念爹娘，今生今世都不会再与爹娘见面啦……

养育之恩比天大。世上唯独父母的爱纯洁无瑕，无处不在，是世间最原始、最伟大、最美妙的力量。亲情无价，揣在心底，温暖一生，滋养后人。砸断骨头连着筋的亲情，就默默陪伴呵护在我们左右，务必且行且珍惜……

　　父亲节、母亲节，是我的感恩节！

茶味人生

我父亲生前爱喝茶。

那次，我陪父亲喝茶，父亲喝了一口茶对我说："人这一辈子就像一壶茶，苦一阵子，不会苦一辈子呀。"现在想起这句话，真像是我父母一辈子的写照。

个人的命运，往往是与国家民族命运系在一起的。我的父母是沂蒙老区老实善良的农民，出生在二十世纪三十年代抗日战争爆发前，从战乱、饥饿和自然灾害中坎坷走来。农村改革前那段岁月，日子还紧巴，父母想方设法让一家老小吃饱穿暖，尽管不富裕，还是千方百计供我们兄妹几个读书，经常教育我们："不识字就是睁眼瞎，砸锅卖铁咱也上学。"

他们一生平凡、平常，也算幸运，亲历了我国革命、建设和改革的艰辛历程。他们常给我念叨这么几件事："那年祸害老百姓的日本鬼子投降，鞭炮声快把耳朵震聋了""分田到户当年，咱家里的缸和盆都盛满了金灿灿的小麦""虽累得腰酸腿疼，可还是合不拢嘴呀"。国庆六十五周年，我与妻儿陪父母坐高铁去北京，登上金碧辉煌的天安门，父母乐呵呵地说："以前只是在画儿上、电视上看，这回亲眼看到真的天安门啦！"

母亲不识字，父亲也只上过三年初小，但他们一声不吭地身教，给我们豁达乐观、向善向上的力量，传下勤劳、善良、诚实的家风。那时候，母亲教育我："孩子，家门口来了要饭的，咱也要好好待人家。没有难处，谁也不愿拖个要饭棍呀！"俗话都说，家庭关系中最微妙、最难处的是婆媳关系，我妻子却和我母亲很投缘。母亲把儿媳妇当成亲闺女，甚至胜过疼我的三个妹妹，逢人便夸。当然，妻子也是掏心掏肺地尊重和孝敬我父母。而父亲呢，平日话不多，就喜欢我和几位妹夫一道陪他喝酒聊天，那时才开心地打开话匣子。孩子们吃饱喝足，走时还大包小包提着母亲精心准备的花生、地瓜、玉米、辣椒面和韭菜、菠菜、小白菜，父母笑容灿烂，我们也幸福满满。

父母是在穷日子里熬过来的，一辈子吃了两辈子的苦，前半辈子苦，后半辈子累，晚年生活舒心、满足，却又疾病缠身，犹如喝的绿茶一般。父母耗尽一生心血，告诉我们一个理：人活在世上不易，就靠一股子心劲和心气。父母一辈子磕磕绊绊，相濡以沫，携手变老，嘴里经常念叨："这辈子知足，够本！"

两位老人去世，就如同他们的一生，不声不响，平静且安详。父母相继离世后，我的情感变得脆弱，容易触景生情、多愁善感。每逢周末和节假日，心里空落落的。多少次不知不觉按下与父母无数次通话的老家电话号码，陡然想起爹娘已不在了，按出自己的一串泪花……刮风下雨、气温变化，依然会思念起老爹老娘，天凉了，多么渴望老娘还一遍遍地唠叨着让我添衣裳；曾经预告着父母的关切、让我盼望着它响起的电话铃声，如今却每每让我胆战心惊；夜色阑珊，我一次次想起父母的音容笑貌，多么渴望还能坐在陪我一路成长的亲人身边，听他们永不厌倦地给我讲一辈子也讲不完的故事。

父母离世后，我只把老宅子作了简单清扫，设施摆布都没有做大的调整。清晨，温煦的阳光依然把老屋的房顶染成一片金黄。西屋门框上黑乎乎的油手痕迹，我特别嘱咐不擦拭。我老母亲腿不好，她常年坐在炭炉子旁炒菜做饭，习惯扶着门框颤颤巍巍地起身，天长日久，就留下了这特殊的、让人揪心的印痕。

嗯，无论我怎么眷恋故乡，怎么怀念爹娘，今生今世不会再与他们见面啦。父母爱子女、子女孝敬父母，是人类的家庭伦理和崇高美德。我父母的一生，像一壶茶，让我品味人生滋味和做人道理，沉淀出坦然与淡定。砸断骨头连着筋的亲情，默默呵护在左右，务必且行且珍惜。

再喝一口沂蒙绿茶，终生回味那一缕茗香。

海沙子面

小麦灌浆时节，正是春菜和海鲜最好吃的时候。我和妻子带上儿子、儿媳妇和小孙女，全家跑到山东日照海边品尝了一碗我念念不忘的海沙子面。亲戚劝我："来趟日照不容易，带你们品尝点高档海鲜吧！"我说："海鲜有贵贱、无好孬。主要是找找小时候的感觉，尝尝童年的味道……"

海沙子学名"兰蛤"，也叫珍珠蛤，幼苗时小如砂子，故得名，是黄海区域特有的一种小蛤蜊，壳很薄，味道鲜嫩，营养丰富。

海沙子虽然小，但吃法多样，可凉拌，也可炖豆腐等。

海沙子面这道地方特色小吃，就是用海沙子汤煮的手擀面条。

我小时候，沂蒙山区的农村普遍穷，吃饭困难，一年到头，只有春节等重要节日，或来了要紧的亲戚朋友，才有可能吃上顿水饺或面条。如今生活条件好了，却找不出什么好吃的食物了。把榆钱儿、槐花儿、野葡萄、野草莓、山枣子摆在眼前，却品不出儿时的山野味道！

那天在日照东夷小镇，吃完那碗地道的海沙子面，妻子问我："味道怎么样？"我兴奋地说："对味。"

我娘手擀面做得好。和面就很讲究，面和好以后，还要放在盆里饧一饧。擀面前面团要反复地揉，揉好后再用擀面杖来回擀动，一张又薄又圆的面皮出现后，折一层撒一点面粉，再一层再折回来。然后拿菜刀切成面条，速度又快又均匀。一会儿工夫，手擀面也做好了……这样擀的面条吃起来柔韧、筋道。

记得每年收了新小麦，娘都给我们全家做顿海沙子面解馋。

1979年，我们村也分田到户了，那年小麦大丰收，金灿灿的小麦装满了粮缸，屋里到处麦香扑鼻，全家都盼那顿海沙子面了。爹一大早就骑自行车去海边的岚山涛雒集买了三斤海沙子。娘先在面板上擀好面条，又用擀面杖把海沙子碾碎，然后用清水淘洗几遍，小小的海沙子的肉就全漂在水里了。用这个水煮面条，出锅前再撒上鲜韭菜段，营养丰富，颜色鲜亮，味道鲜美，成为我记忆中仅次于年夜饺子的美食。

娘给我爷爷、我父亲盛满面条，又给我们兄弟姊妹盛上，还劝我们："今天面条管饱，放开肚皮吃吧！"筋道有嚼劲的手擀面真是可口，我狼吞虎咽地吃，一碗接一碗，感觉肚子滋润舒坦。这时我看见娘却在一旁用面条汤泡煎饼吃，我很吃惊："娘，你怎么不吃面条？"娘笑了笑，没回答，只是顺手用衣袖擦了一下我额头上的汗珠。这时我才发现锅里的面条早被我们吃光了。从来只想着他人、不顾自己的娘，就是这样委屈自己也不吭一声。每每想起这件事，我就无地自容，愧疚难当，既十分感恩娘，又感到对不起娘。

当时，我和三个妹妹，正是长身体的时候，饭吃得多。每次做手擀面，母亲都要擀好几块面团，而每次做完，娘都会微笑着擦汗，脸上洋溢着幸福。我知道：在那个年代，让我们吃饱喝足是娘最得意，也最了不起的事情。当下，我不是回味饥饿年代对美食的渴望，而是咀嚼童年时代那种纯粹和纯天然的感觉。当然，人生绝不是一场物质的宴会，而是精神与内心的修炼。我铭记着贫困时娘的养育之恩。

夏天我又来到日照，夜宿了东夷小镇。月光下漫步镇中，到处是融合北方传统建筑和渔家民俗的院落，镶嵌进山川、河流、鲜花、阳光、大海、沙滩、森林等自然元素，青瓦顶，红漆墙，亭台楼阁，曲径通幽，别有韵味，令人过目难忘。阵阵海风吹来，泥土味和海腥味交汇在一起，时而有花香菜香酒香扑鼻而来。天色已晚，古色古香的街道小巷，仍然行人如织，家庭或亲朋好友聚会的场面喧嚣热闹。酒楼茶舍，各个店面门口都挂着招牌，推介着菜肴或饮品。据介绍，这里已汇集了全国各地数百种特色小吃，更有海沙子面、日照老油条、岚山豆腐、三庄羊肉汤等本地美食。

第二天清晨，我掀开门帘儿，跨进海沙子面馆，顿时一股熟悉的香味迎面扑来。迎着太阳的笑脸，我品尝起地道的海沙子面，不自觉地发出喝面汤的声音。

在这万物互联的时代，我几次寻味东夷小镇，就为一碗童年的老味道……

老味道

我离开故乡已经四十多年了，但故乡的一草一木依然牵动我的心，尤其是舌尖上的老味道，更是刻骨铭心。

那个地处沂蒙山区东部的小山村，因泉得名厉家泉，却因缺水，曾被称为"小干庄"。虽然土地瘠薄，贫穷闭塞，可乡亲们善良勤劳，加上苍天眷顾，常年风调雨顺，村民日子过得安稳自在。"民以食为天。"我记事时，家家都是用土锅灶做饭，锅灶连着土炕，饭熟了，炕也就烧热了。那时候我放学回家，除了挖猪菜、拾草、推磨，有时坐在灶门口帮娘添柴、拉风箱，借着柴草的火光，看娘忙活着炒菜做饭，心里和屋子里都那么温暖。黄昏，袅袅炊烟升腾在小村上空，呼喊孩童和牛羊鸡鸭归家的声音、"呱嗒呱嗒"的风箱声、锅铲碰撞的"叮当"声此起彼伏，阵阵菜香、饭香弥漫每一个农家小院，原汁原味、自然天成的生活情景，令人不知不觉咽起唾沫，那是山村一天最热闹、最兴奋、最温馨暖人的时段……

改革开放前，山岭多土地薄的沂蒙山区普遍贫穷，经常闹"春荒""秋荒"，家家户户吃饭成问题。我娘想方设法让一家人吃饱，我们家没穷到揭不开锅，烟囱也一直冒着烟。地瓜、玉米和各种蔬菜是主食，荠菜、苦菜、蒲公英、婆婆丁等野菜能吃，萝卜缨、地瓜秧、刺槐花、榆树叶可以吃，土豆、南瓜能蒸出可口的馒头，爷爷教育我："少夹，慢嚼，嘴里不出声。"父亲说："大人先动筷，小孩往靠后。"娘劝我："这地瓜秧不好吃，就得使劲咽，要不就活不成。"

我上高中时住校，每周的给养就是满满一包袱地瓜干煎饼，同时还有一坛用花生油炒的腌萝卜条。记得有一次咸菜是用猪肉炒的，同宿舍的同学惊喜地闻到了一缕肉味，"馋虫"立即被勾活，毫不客气地你一筷、我一口地品尝起来。有个最好的同学干脆在咸菜里翻找肉丝吃，我虽然很心疼，但没好意思打断这美妙的时刻。如今想起那场面，仍感觉有一股肉香和感动在胸中涌动。

在那食物短缺的年代，肉、鱼数量少，凭票购买，价格又贵，过年也买不起。于是家家户户做豆腐，一来豆腐有"兜福"之意，寄托美好愿望；二来也算美食，色香味形俱佳，能炒、能煎、能炖，能炸豆腐丸子、能蒸豆腐卷，还能上席桌。我娘往往半夜就起来用石磨磨黄豆，一边推着沉重的磨，一边不停地用勺子往磨眼里添加泡好的黄豆，伴随磨盘一圈一圈不停地转动，那醇香的白色豆浆就顺着磨嘴直流进水桶里。朦胧的夜色中，娘弯腰劳作的身影不停地晃动，待到天亮那香气扑鼻的豆腐就做成了。那豆渣也不浪费，被混合上白菜、萝卜等蔬菜做成豆沫子，照样是充饥的好食品。

那时生活条件差，食物少，吃水果更难，可人们的嗅觉功能却特别灵敏。那年深秋，我背着书包跑进家门，只见父母正在分拣花生，我却闻到了一股清香的苹果味。娘笑着说："馋猫的鼻子真灵，东村亲戚刚送的，自己拿去吧！"苹果在哪儿？我四处看了看，闻了闻，掀开了麦缸的草盖顶，只见摆着一圈红润润的苹果，我迫不及待地伸手拿出一个在衣袖上一擦，就笑眯眯地"咔嚓"一口，那甜香味立即如电流一般传遍全身。

2018年小麦灌浆时节，我给父母上完三年忌日坟，便和妻子带上儿子、儿媳妇及孙女，全家跑到山东日照海边，品尝了一碗我念念不忘的海沙子面。亲戚劝我："来趟日照不容易，带你们品尝点高档海鲜吧？"我说："海鲜有贵贱、无好孬。主要是找找小时候的感觉，尝尝童年味道……"

海沙子面，是地方特色小吃，就是用海沙子汤煮的手擀面条。吃完那碗地道的海沙子面，妻子问我："味道怎么样？"我兴奋地说："对味。"

我娘手擀面做得好。1979年我们村也分田到户了，当年小麦大丰收，金灿灿的小麦装满了粮缸，屋里到处麦香扑鼻，全家都盼吃顿海沙子面解馋。爹一大早就骑自行车去海边的岚山涛雒集买了三斤海沙子。娘先在面板上擀好面条，又用擀面杖把海沙子碾碎，然后用清水淘洗几遍，小小的海沙子的肉就全漂在水里了。就用这个水煮面条，出锅前再撒上鲜韭菜段，营养丰富，颜色鲜亮，味道鲜美，成为我记忆中仅次于年夜饺子的美食。

　　娘给我爷爷、我父亲盛满面条，又给我们兄弟姊妹盛上，还劝我们："今天面条管饱，放开肚皮吃吧！"我和妹妹、弟弟，正是长身体的时候，饭量大。筋道的手擀面真是可口，我狼吞虎咽地吃，一碗接一碗，感觉肚子滋润舒坦。这时我看见娘却在一旁用面条汤泡煎饼吃，我很吃惊："娘，你怎么不吃面条？"娘笑了笑，没回答，只是顺手用衣袖擦了一下我额头上的汗珠，这时我才发现锅里的面条早被我们吃光了。从来只想着他人，就这样委屈自己也不吭一声。"我虽为长子，也不知心疼娘。"每每想起来这事，我就愧疚难当，既感恩娘，又深感对不起娘。

　　当年我考学离开农村，最直接最真实的目的就是不吃地瓜，吃国库粮。时过境迁，我的胃口没变，依然喜欢吃地瓜、煎饼、南瓜这类乡下的土特产。

　　"谁知盘中餐，粒粒皆辛苦。"当下，物质极大丰富，人们吃不愁、穿不愁，常年大鱼大肉，天天美味佳肴像过年一般，吃什么都没胃口，味觉麻木了，得靠重口味、强刺激。我想，过去穷日子、苦日子里的那些老味道其实是美好的记忆，是一笔看不见、摸不着的隐形财富，正如我们的父辈和我们这代人所经历的穷与饿、苦与累是年轻一代不可能再经历到一样。在这万物互联的时代，我回忆起这些往事，不是留恋穷时候、回味饥饿年代对美食的渴望，而是咀嚼童年时代那纯粹和纯天然的感觉，珍爱粮食和蔬菜，唤醒沉睡的味觉、嗅觉和感觉。

我生命深处，铭记着一种唇齿留香的味道，那是一辈子忘不了的味道。闭上眼睛，那缕童年的清香就从灵魂中飘逸而来，纯真、清新、甜美、回味无穷，那是故乡的味道、母爱的味道、滋养人生的味道。

麦收时节

望着蓝天白云下金黄的麦浪，闻闻漫山遍野沁人心脾的麦香，总会想起弯腰割麦的时光。

我的故乡沂蒙山区，山多岭多地薄雨少，小麦熟得快。清晨沉甸甸的麦穗还泛着嫩杏黄，西南风一吹，中午麦芒就炸开了，风一刮，麦穗麦粒容易掉地上。真是"麦熟一晌"，虎口夺粮。

割小麦是当地庄稼人一年中最累的农活，"过一个麦季，脱一层皮"。我记事时，村里以生产队为单位统一收割小麦。头天晚上，家家户户"磨镰霍霍"，用磨刀石把镰刀磨得锋利无比。第二天天不亮，麦地里就已经人头攒动。太阳刚露出山头，气温不高，收割小麦最出活儿。队长弓腰割麦在前，社员们随其后，如徐徐展开的"人"字形雁阵。人人镰刀如飞，步伐稳健，一会儿工夫，衣服就湿透了。刚才还有说有笑的，转眼就鸦雀无声，只有镰刀割麦的"唰唰"声了。

麦芒刺扎在身上容易过敏起红疙瘩。割麦子时，大都穿深色长裤长褂，将袖口、裤脚系紧，胳膊和腿尽量少暴露。中午时分，火辣辣的太阳像粘在了脊背上。趁天气晴朗，脱粒、晒麦、扬麦场。生产队里的麦场有足球场大，四周垛满了山一样的麦捆子。脱麦粒，不再用石碾压，而换成了烧柴油的脱粒机，机器飞转，尘土飞扬，脱粒的人忙得大汗淋漓。打麦场是孩子们的欢乐场。麦秸垛像弹簧床，放了暑假的孩子们一边帮父母堆麦秸垛，一边在麦秸垛上又跳又闹。队长喊收工时，孩子们也在麦垛上睡着了，月亮已挂在村头的树梢上。

麦收后，家家分到了新小麦，农家日子也就滋润起来了，家家灶膛里散发着醉人的麦香。当然，那年月农家日子穷，只有逢年过节、家来贵客，才舍得吃上顿小麦细粮。手巧的媳妇、姑娘用麦秸秆，编织出漂亮的草帽、蟋蟀笼、手提袋、蒲团等日常用品，装饰着清淡的生活。

到上世纪八十年代，家庭联产承包之后，开始一家一户割小麦了。记得那年暑假，我赶回老家帮助父母收小麦。云不动，树不摇，麦田真像个热气腾腾的大蒸笼。临近中午，我感觉全身的水分都被烤干了，嘴唇干得起皮。可娘割麦的动作依然流畅自如，腰弯得超过九十度，左手揽麦，右手挥镰，镰刀几乎贴着地皮，"嚓、嚓、嚓"几声，一抱沉甸甸的小麦就被顺势堆在了地上。我直直腰，感觉胳膊上被麦芒划出的小口子，沾上汗水后钻心的疼。不一会儿，娘开始打捆了，父亲和我割麦。父亲割八行，我割五行，我拼命地挥舞镰刀往前赶，但仍然被越落越远。腰痛得实在难以忍受了，只好直直腰，喘口气，手心也被镰把磨出血泡。我割着割着，竟然觉得越来越省力，很快赶上了父亲。这时，我陡然发现，实际上我只割了三行，那几行父亲早已替我割了。这时娘起身从地头苇笠盖着的铁桶里盛来半瓢绿豆汤，还用衣袖擦了擦我脸上的汗和尘土，"来喘口气，喝口水，长时间不干手生"。我仰起脖子"咕咚咕咚"连灌几口，娘笑着劝我"慢点，慢一点"，那缕甘醇直沁心底，让我神清气爽。不几天工夫，各家各户大小不一的麦秸垛，你挨我、我挤你，犹如满锅的馒头，排列在了场院和地头。

后来，每年麦收季节，我们单位就用大客车拉着大家到省农科院的麦田里割小麦，每人发一把镰刀、一顶草帽，割一会儿还让大家擦擦汗、直直腰。领导告诉我们：就是让你们年轻人体验一下割麦的辛苦，明白一粥一饭来之不易的道理。

进入新世纪，小麦收割机逐步普及，连我家乡的山地也用上收割机了，不仅价钱适中，活还干得利索妥帖，省心、省力、省时。乡亲们不用像过去那样手拿镰刀弯腰弓背割小麦了。收割机在地里来回穿梭几趟，轻轻松松就把大片麦子收割完成，麦粒自动装入布袋，麦秸秆直接粉碎在田地里，有的还能同步撒播上秋季作物。

"夜来南风起，小麦覆陇黄。"有了新小麦，娘就会给我们包水饺，还会蒸馒头、擀面条、烙锅贴，那饭真是越嚼越香、越品越美，那纯正香甜的滋味一直萦绕在我心头，至今依然回味无穷。

山村情深

深秋的沂蒙山区，天高云淡，色彩斑斓，空气清透，还有一丝微甜。"十一"长假，我再次乘高铁回到沂蒙山区东部的小山村。家门口的秋菊开得恣意旺盛，屋东侧的菜园一派生机盎然。清晨，我漫步村南的水泥路，只见太阳从山坳间冉冉升起，晨曦拂过绵延起伏的沟壑岭梁，洒向绵延的茶园和庄稼地。石墙红瓦的山村屋舍，飘起了淡淡的炊烟。

我站在田埂上，深情地望着这片山地，眼前再现昔日农活的甘苦和亲人忙碌的身影。我跟在爷爷和父母身后学习农活、模仿劳作，欣赏家乡一年四季的乡野景致，还知道了一些春种秋收、农桑经纬的事情。我在这块土地剜过野菜，搂过草，喂过猪，放过牛，犁过地，耙过田，割过麦……故乡渐渐长成我生命的一部分。考大学参军或外出就业，离开自己成长的那片土地，无论飞多高、飞多远，思念故乡、想念亲人的情感就像一坛酒，越陈越香，越品越醇。

小时候，老人让我们尽兴地在山地上、土堆里玩儿，那沙土柔软干爽、养人暖心，孩子们长得很壮实。现在呢？那天来我们村考察研学课程的王老师说："孩子们分不清韭菜和小麦，但这不是孩子们的错。我们应该组织学生多走出教室，去亲历'耕'的艰辛和'读'的快乐，认识农作物，欣赏田园之美，树立尊重劳动、尊重劳动者的观念，这就是一种文化传承。"

伴随着改革开放的春风，我的故乡沂蒙山区产出沉甸甸、金灿灿的粮食，养育了古老小山村的一代代人。故乡的土地肥沃，种啥长啥。如今许多农活都已被机械代替了，最苦最累最让人头疼的收割小麦也能用收割机了。农事、农活、农村曾经是劳碌、辛苦的代名词，如今成为休闲、娱乐、体验和享受田园风光的时尚。开荒、耕种、锄草和收获的汗水，滋养和浇灌着一望无际的希望田野。

一日三餐，离不开田。我对故乡、对土地、对亲人的真挚情感缘于父辈的言传身教。当年我爷爷做农活很讲究，地整得很平，耕地和播种时，还要求我赤着双脚，不能用力踏地，避免"地喘不动气"。父亲要看看报纸上怎么说，想法购种子、买氨水。母亲则是过日子的一把好手，房前屋后、田埂地沿，都见缝插针种上了南瓜、扁豆、菠菜、小葱、辣椒等，真的"房前屋后，种瓜点豆"。

记得那年秋天，天气已经很凉了。我家村南有块地瓜地留到最后才刨。只见我母亲把地头上两墩最好的地瓜留了下来，还在周边培了培土，然后在上面垛上地瓜秧和玉米秸。我百思不得其解，问母亲："留这两墩地瓜做什么？"母亲笑着解释说："喂地！""喂地？"母亲见我不理解，又补充了一句："咱这地一年下来，也挺不容易。留两墩地瓜陪陪它，也让它解解馋！"岁月更替，我渐渐明白了母亲的良苦用心，那是对大自然的感恩和敬畏，也是祈祷风调雨顺、五谷丰登。

不知不觉又是寒露节气。我抓起一把家乡干爽的黄土揉搓起来，感觉胸腔里有滚烫的火苗跳动，阳光与温暖汹涌而来。这是大自然的回馈，也是心灵的邀请。

守孝牡丹

牡丹，原产地中国，被誉为"百花之王"，是世界名花。据记载，自隋唐开始，牡丹花慢慢进入了寻常百姓家。

我老家沂蒙山区不缺花，本土的，外来的，各式各样。从百姓生存角度看，庄稼、蔬菜、瓜果都开花，装扮山乡和宅院的，还有多种有名无名的山花、野花等。我家老宅院里最特别的是那两棵有灵性的牡丹花。父母去世后，因改造书屋，整个院落变成了阳光房，这两棵牡丹也被挪移到了院子的东南角。因院内常年温度太高，长得不够旺相。2022年深秋又移栽到大门口透风见光的地方，期待明年伴随春天的来临恢复昔日风采。

祖籍河南洛阳的刘禹锡，曾吟咏"唯有牡丹真国色，花开时节动京城"，因而洛阳被誉为牡丹城。牡丹是中国人喜爱的花卉，据说我国已培育出四五百个品种，花型花色各不相同，真的争奇斗艳、美不胜收。牡丹和芍药外貌酷似，如同孪生姐妹，被誉为"姊妹花"，常栽培在一起。民间说"谷雨看牡丹，立夏看芍药"，次第而开，延长观赏期。我娘长期生活在沂蒙山区东部的乡下，虽然日子过得不很富裕，但对生活充满热爱和信心，尤其喜欢花。繁杂的劳动之余，执着而用心地养花、赏花，不厌其烦地浇灌、培土、施肥、移植、剪枝，仿佛侍弄的并不是什么花，而是她心爱的孩子。记得那年开春，娘把她最喜欢的牡丹花移栽进院子里，牡丹花真给娘长脸，那年花开得特别大，还很鲜艳。第二年，那牡丹花却长得瘦弱，花骨朵刚冒出来，很快就萎缩了；第三年，枝干干瘦，无力舒展，连个花骨朵也没见。后来在母亲的精心照料下，这棵牡丹复活复壮，活得自如自在，每年继续奉献出艳丽的花朵。这棵牡丹花起死回生的现象，在我心中留下了一个谜。

后经我多方了解，终于弄明白了我娘移栽的那棵牡丹花为什么三年不旺相的原因。开春移栽牡丹，容易伤根伤元气。牡丹开花大，需要的养料也多。牡丹又通人性，一旦有了花骨朵，就会使出所有劲儿、耗尽所有营养，供应花骨朵开放。因此开春移栽的牡丹只要开了花，就难存活。即使活下来，两三年缓不过苗，干瘦甚至干枯……牡丹有"舍命不舍花"的母性品格。

2015 年春，母亲节前夕，我母亲因病谢世。院里的花草长期缺少打理，长得无精打采。别人家的牡丹都开花了，我们院里的牡丹只长茎吐叶，没见到花蕾的身影。

为什么没开花？大家不得其解。是湿度和温度不合适？不是，因为它还长在原来的院子里。是没伺候好？还是它太伤心？反正谁也没有给出令人信服的解释。这又成为我心中的一个谜。

2016 年开春，山上、坡上、地堰上和院里各种花草都萌芽了，这牡丹的根部和光秃秃的枝条上也冒出了粗壮的红嫩芽，生命迹象一切正常。不久，这两棵牡丹开枝散叶，我期待它能吐蕾开花。别的花都谢了，田野里小麦也收割完毕，这牡丹花却一直只长叶，没有花蕾的影子。雨丝在柔美的叶面上跳舞，它波澜不惊。我与这牡丹对视，牡丹无声无语。我好像理解了牡丹的情感与表情，此时无声胜有声，分明是我母亲谢世后它太悲伤，无心开花。

到第三年，2017 年，母亲生前精心养护的这两棵牡丹照常冒芽，正常吐叶长茎，仍然没开花。

难道是这牡丹"守孝三年"不开花？

"守孝三年"，儒家认为是良知指引，王阳明认为是天理良知，这都是说人。《诗经·蓼莪》云："父兮生我，母兮鞠我。拊我畜我……欲报之德，昊天罔极。"《弟子规》中说"丧三年，常悲咽。居处变，酒肉绝"，是说父母去世后要守孝三年，期间要常追思感怀父母的养育之恩，就连生活起居也要调整改变，至少做到"五不"：不贴红对联、不放鞭炮、不穿红、不戴绿、不过度娱乐。尽孝、守孝是人类至高无上的情感表达，是人类血缘关系在生命终结时后辈的行为体现，已升华为崇高的道德信条。时代变迁，观念更新，我没有辞去工作、摆脱行政事务在家"守孝"，也没像古代官员离职"丁忧"，只是连续组织了三年的家庭祭奠仪式，"每逢传统谒拜日，家祭勿忘父母恩"。第三年清明节前，我按照父亲在世时的嘱咐和他带我上山给祖宗上坟时指定的位置，在我们村的山上、曾经掩埋过我家祖宗六代的地方，为父母修了合葬的坟墓，并在坟前移栽了十棵刺柏，委托这有生命的树木挡风遮阳，在坟前为父母洒一丝阴凉。父母谢世之后，我们全家人伤心过度，日子过得无精打采。这两棵牡丹是造物主最疼爱、最有灵性的子孙，与我们家人有了心灵感应和近乎亲情的缘分，也同甘共苦、自觉自愿"守孝"三年。

这个世界上，唯有父母能心甘情愿为子女罄其所有、舍生忘死。生活中经历、生命中遇到的东西，包括障碍、迷路和困苦，往往会默默改变我们。自古"忠孝难两全"，尤其步入现代社会，当儿女的要有点出息、有所作为，就得远离家乡和亲人，外出闯荡，这往往要面临感情的羁绊和彻夜难眠的思念，难以恪守孝道。家中有老待养，子女却在千里之外，父母"晚景凄凉"，当儿女的鞭长莫及，时常经历理性和感情的纠结和折磨，甚至灵魂的叩问和精神的摧残。我在省内工作，离老家350公里，加之这些年妻子、儿子都买了轿车，家乡也通了高速和高铁，交通非常方便，星期天、节假日回老家看望和照顾父母相对便捷，没留下任何缺憾，但比起我家这棵为我娘"守孝"三年不开花的牡丹，我惭愧难当、自愧不如！

花草树木真的有灵性，有感情，只是人类至今还没破解这一奥秘罢了。有的树木花草衰弱的预兆是不再开花，有的衰弱前则会拼命疯狂地开花。这也就是为什么科学对未知的东西从不轻易否定。2019年，我娘去世四周年之后，我家那棵牡丹终于正常生长，恢复往年的景象，开出了红艳艳的牡丹花。我感到了一丝欣慰，那颗悬着的心终于缓缓放下。

2020年深秋，是移栽牡丹花的最好时节，我专门从牡丹之乡——菏泽邮购了"王中王""群英""墨素"和"蓝牡丹"等六棵名贵的牡丹，栽在老家那两棵牡丹旁，希望这几棵名贵的牡丹能陪伴它成长，也避免我长时间不在家，娘亲手栽培的牡丹太过孤单。然而两年后，这六棵名贵的牡丹一棵也没活下来，我感到很惋惜。这么名贵的花怎么如此娇贵，不适应这里的温度和环境呢？只有同期从莱州购来栽到院子外边的几十棵月季花，开得鲜艳夺目，亲戚邻居和路人都很羡慕，经常过来欣赏，有的拍照发朋友圈，有的研究如何嫁接和繁殖。

故乡的山峦、河流、土地、动物、植物和人，都有灵性，饱满且生动。冬去春来，经受过寒风冰雪洗礼的牡丹花，枝头上又萌出红色的芽，花蕾一天天长大，越发丰满，渐渐花萼裂开缝，张开甜美的笑脸。微甜的馨香，引来蜜蜂在花间采粉飞舞。人生一世，草木一秋。我家院里这两棵守孝牡丹持续开放，历久弥香，母爱悠长……

向泥土致敬

泥土，最普通，也最神奇。播上种子，就能生根发芽长出庄稼、蔬菜，植上花木，就会枝繁叶茂。

土是生命的源，又是生命的根。移栽稍微大一点的花草树木，根部都要留个土疙瘩，俗称"老娘土"。

这些年重视绿化，寸土寸金的城市里，巴掌大的地儿也都栽上了花草树木。常见到运送大树的情景——为提高成活率，大树根部那一坨儿"老娘土"很大很沉，有时还得动用大拖车或者大吊车迁移。

树是这样，人更如此。无论岁月怎样更替，时代如何变迁，故土和游子之间总有一条无法剪断的生命脐带。小时候，我们尽兴地在山地上、土堆里疯玩儿，脚下的沙土柔软干爽，真是养人暖心。

　　故土难离。闯荡世界、客居他乡，血液里总流淌着浓稠的乡土情结，那种热爱和眷恋成为一团乡愁，越久越难解开。乡下的孩子，成人后考上大学、参了军或外出就业，离开了滋养他们的那片土地，可无论飞多高多远多久，对故乡和亲人的思念都不会断开，就像一坛酒，越陈越香，越品越醇。

　　爷爷生前曾告诉过我："乍离开家乡，到了外地水土不服，拉肚子，随身带上点老家的'老娘土'，啥病都不会有。"

　　我的故乡在沂蒙山区，土地很给力，也很神奇，农民们抡起镢头就能吃饱饭。小小的村庄山地贫瘠，却壮根旺苗，长得出沉甸甸的粮食和金灿灿的歌谣，养育了一代又一代的山里人。

　　人和地亲，地也和人亲。我跟在爷爷和父母身后学习农活和劳作，知道了春种秋收、农桑经纬的事情，也欣赏一年四季的乡野景致。故乡渐渐长成我生命的一部分，深入到血液和骨头里。

　　邻里都知道我娘是过日子的一把好手。房前屋后、田埂地沿，但凡有土的角角落落，都见缝插针种上了南瓜、扁豆、菠菜、小葱、辣椒……真是"房前屋后，种瓜种豆"。到了秋收季，屋里屋外到处都是收回来的地瓜、花生等，插个脚都没空。

　　记得有年秋天，天气已经很凉了，树木和庄稼上都结了一层白霜。我家村南那块地瓜地留到最后才刨，但见我娘把地头上两墩儿最好的地瓜留下来，还把周边培了培土。

　　我问："娘，留这两墩儿地瓜做什么？"

娘笑了笑，透着几分神秘地说："喂地！"见我不理解，娘又补充了一句："咱这地一年下来，也挺不容易。留两墩儿地瓜陪陪它，也让它解解馋！"

说着，娘把地瓜秧和玉米秸垛在了地头，草垛底下便是那两墩儿地瓜。这样既冻不着，又不被别人发现，确保安全。

第二年开春，移开草垛，刨出那两墩儿地瓜，发现它们竟鲜润如初——没冻伤，也没腐烂。就连草垛下那棵苦菜，也早早长出了黄色的花蕾。我终于明白了娘的良苦用心：那是对"土地爷"的敬畏、对大自然的感恩，也是祈祷第二年风调雨顺、五谷丰登。

父母在，我们就永远是孩子。父母相隔仅一个月双双离我们而去，虽然高铁站离得并不远，但我回去的次数还是少了许多。而随着年龄的增长，思念故乡和亲人的感情则更加脆弱、浓烈和绵长。

清明节时，我回老家祭祖，蹲在屋东边父母长年劳作的菜园里，伸手抓一把泥土，慢慢地、用力地反复揉搓，胸口塞满悲哀的感觉。这平凡的泥土里，凝聚着我割舍不掉的亲情呀！

最后，擦干眼泪，我装了一瓶故园的土捎回济南，摆进我的书橱。这是来自我咿呀学语、蹒跚学步的村庄的土，是渗透着父母、亲人信息的土，历经风云世事，带着故乡特有的厚重、高贵和大气。心烦气躁时，打开闻一闻，便会想起金波荡漾的麦田，想起娘披在我身上的那件暖袄，唇齿间亦浮上韭菜水饺和海沙子面的味道……平淡的日子立即鲜亮起来。

　　"露从今夜白，月是故乡明。"对于游子，故乡的人，故乡的事，故乡的树木花草、风霜雨雪、朝露明月……都是一帧帧温情的记忆相册，透露着一缕缕家的温馨。双脚踏上故乡的大地，一颗流浪的心霎时间踏实且坦然。

爱的天堂

　　爱，是世界上最美好的事物；爱，是世界上最伟大的力量。爱是自私的，当变成无私，就步入圣洁天堂，长出翅膀在人世间传播与飞翔。这源于天堂的爱，一旦融入我们的生命，人生便会灿烂与绵长……

　　2021 年 12 月 26 日，我刚刚把悼念岳父的文章《生死告别》发走，次日凌晨天蒙蒙亮，又猝然收到岳母离世的噩耗。这如晴天霹雳，震惊得我冒出一身冷汗。因为间隔时间太短，刚刚过去一周呀！

　　《上邪》曰："上邪！我欲与君相知，长命无绝衰。山无棱，江水为竭，冬雷震震，夏雨雪，天地合，乃敢与君绝！"这是痴情女子指天发誓，指地为证，对爱情忠贞不渝的山盟海誓，意思是无论遇到任何不可思议的变故，都永不背叛。它曾感动多少人！自古以来，对爱情的忠贞都是用豪言壮语来表达，我岳母却用她63年漫长岁月，用生命实践诺言，这是何等痴情与壮烈，感天动地！

我岳父岳母都是沂蒙山人。岳父是莒南县交通运输局退休干部，1937年7月7日出生；岳母，莒南县第八中学退休教师，1937年7月29日出生。这两位老人，都是1937年7月出生，2021年同获"光荣在党50年"纪念章，相濡以沫63年，享年85岁，同在2021年12月离世，且前后只隔12天。这不是电影，不是电视剧，更不是传说。他们的一生确实应验了沈从文那句话："在青山绿水之间，我想牵着你的手，走过这座桥，桥上是绿叶红花，桥下是流水人家，桥的那头是青丝，桥的这头是白发。"

这让我回想起在史书上记载的故事。东汉末年，民不聊生，刘备、关羽、张飞"桃园三结义"，结拜誓词曰："不求同年同月同日生，但求同年同月同日死。"这也成为青年男女追求爱情、表达忠贞的誓词。我们中国人关于爱情的千古绝唱很多，民间有四大千古流传的爱情故事，《白蛇传》《孟姜女哭长城》《牛郎织女（天仙配）》《梁山伯与祝英台》。梁山伯与祝英台的爱情故事，更是家喻户晓，被称为东方"罗密欧与朱丽叶"，"化蝶"体现出爱情的伟大力量，契合了人们对美好事物的执着追求。

莒南县坪上镇山底村自1960年就在村里从事殡事司仪的叔

叔说:"你爸妈这对恩爱夫妻,真的'同年同月生,同年同月走',四邻八乡没见过。"三年前,我们曾为岳父、岳母举办过"钻石婚"庆贺仪式。他们63年的婚姻真像钻石一样坚硬,还散发着令人垂慕的耀眼光芒;夫妻俩今生今世携手前行的背影渐行渐远,遽然在道路拐弯处消失,留下彻骨的寒。殡葬仪式上,子女们一个个哭得撕心裂肺,乡亲们既万分痛惜,又感叹不已。

我岳父、岳母都出生在莒南县厉家寨村的大山脚下,岳父是山底村人,岳母是厉家寨村人,是前后村。童年时,沂蒙山区东部被日军占领,他们就跟在大人后边"跑鬼子",我岳父曾被日寇的流弹射伤过左腿。沂蒙山区东部1945年就是解放区了。因为他们都上过几年学,岳父当上临沂行署的电影放映员,岳母成为临沂行署临沂县洪瑞公社的小学老师。到谈婚论嫁的年龄时,经媒人介绍,双方郎才女貌,互相爱慕,确定下婚约。谁知胆小的岳母在学校操场被同学扔来的动物吓得神经错乱,家里老辈人说我岳父:"挑花的,挑狸的,最后挑了个没皮的。"那时人们思想比较传统和保守,我岳父没有受干扰,认定既然定下婚约,就该一诺千金,负起责任。"遇到困难就放弃,不可能相伴一辈子。"于是他冲破家庭阻力和社会压力,想方设法带我岳母治病。病愈后,1958年在工作单位举行了简朴的婚礼。

罗曼·罗兰说:"世上只有一种英雄主义,那就是在认清生活的真相之后依然热爱生活。"尽管双方都有工资,但孩子多,吃不上饭的亲戚比较多，日子一直过得比较紧巴。有时到了饭点，家里来了亲戚，岳母只好自己挨饿。虽然生活中有时也是一团糟，充满无奈和伤心，但保持着面对和战胜困难的韧性，彼此信任和理解支持，不指责，不埋怨，咬着牙跨沟迈坎。不向现实妥协，甘愿为对方改变自己，最终没被琐碎的生活打败。

"乱云飞渡仍从容"，无论逆境还是顺境，总是风轻云淡。上世纪六十年代末，公办老师"一鞭赶"，我岳母也下放回原籍当小学老师。因老家没房子住，没菜园，没柴烧，日子过得很艰难。"文革"期间，临沂曾是派性斗争的重灾区。我岳父受迫害，被捕入狱。那时各种流言蜚语很多，诬蔑、中伤的也不少。也有人好心劝我岳母：为了个人前途和孩子，一定要划清界限，抓紧离婚吧。真是雪上加霜，那是全家最糟糕、最艰难、最灰暗的一段日子。我岳母仍然安分守己，全心全意上班和照料孩子。因日子紧巴，每当发了工资，首先揣上粮本和粮票，到大山公社粮站把粮食买回来。秋冬季青黄不接时，还得靠亲戚接济的白菜萝卜度日。"多亏了你舅这筐萝卜！""你大叔那袋地瓜救了急。"

患难见真情，落难见人心。我岳母胆量小，打个雷都能吓破胆，那时意志却超乎寻常的坚定，坚信我岳父没问题，阳光一定会穿透迷雾！岳母每月只有29.5元的工资，拉扯养育着四个孩子，困难难以想象。她坚持每月背着最小的弟弟和换洗的衣服，坐公共汽车去探监，三年三个月，去了29次，无论刮风下雨，天气多么恶劣都雷打不动。不久，我岳父沉冤昭雪，恢复工作，一直夸我岳母是"世界上最懂他的人"。

百善孝为先。岳父岳母以敬天的恭敬心敬老、孝亲，对年迈的父母耐心守候、生活细节上万般呵护。奶奶88岁在老家离世，从此就把爷爷带回县城，悉心供养。岳母每天精心照顾吃喝和穿着，一举一动都用心，一粥一饭都讲究，早上的粥一定加上了两匙蜂蜜，冬天的清晨先得喝杯热茶暖身子。岳父每天晚上把便盆放进房间，清早再端出来清洗干净，一干就是12年。2015年爷爷100岁离世时，已享受了五世同堂的荣光。

树有根，水有源。岳父岳母的一生，伴随国家命运跌宕起伏，亲身经历了新中国的成长发展历程。日子过得和大多数中国人一样平常平淡、平凡非凡。和所有父母一样，勤劳节俭、精打细算过日子，把好吃的、好穿的给了孩子。历经坎坷把四个子女抚养成人，相继结婚生子，享受了天伦之乐。俗话说："一个女婿半个儿。"岳父岳母从不把我当外人，对我厚爱有加。当年，我在单位参加竞争上岗，二位老人都跑到济南坐镇助威。我没有辜负他们，副处长、处长都是总分第一。因为他们做人做事有原则有底线，我心甘情愿地敬重孝顺，翁婿、母婿关系很密切，我充分享受了父子情、母子爱。这些年，他们身体状况越来越差，我同样心焦火燎，倾心联系治疗，珍惜挽留这份天赐的缘分、修来的福。寒冷的清晨，缓缓睁开眼，打了哈欠伸伸懒腰，手捧一碗岳父刚从早市买回的热气腾腾的豆腐脑，那醇香、那温暖，永远萦绕在我的心头。这也是今生今世的美好记忆与难以再现的奢望。

岳父岳母宽厚为怀、乐于助人，别人有啥难处，只要张口，就会尽其所能帮助。每年八月十五和春节，就早早盘算着应该去看望谁、让子女带什么礼物。亲戚朋友带来地瓜、萝卜、粉条、煎饼或者活蹦乱跳的大公鸡，回的礼物一定比客人的贵重。叔父大爷和亲戚家的孩子上学、工作或婚姻遇到了难处，都想方设法尽力帮助。当年，经济最困难的时候，家里曾经收留、供养了多个正在读书的孩子。赠人玫瑰，手有余香。这些事，他们感觉微不足道、很正常，却让被帮助过的人铭记心间、感激不尽。怪不得，葬礼上有好多人跑来磕头、烧纸、谢恩，痛哭流涕。

誓言不变，相伴终生。家不是讲理的地方，讲亲情、忍让和包容。"针尖对麦芒，争不了高低，还伤心，不合算。"生活中难免有风有雨磕磕绊绊。他们把生活中的不顺不满意当成耳旁风，相互只念着对方的种种好，把对方的呼唤和眼神看作是爱的信号。有一次，我岳母高兴地说："你爸爸是我的腿，我是你爸爸的耳朵。我们虽然老了，但还是完整的。"伴随岁月的浸染，头发全白了，心依然是红的；人枯槁了，但血依然热着。晚年放慢了脚步和节奏，但一步一个脚印都走得扎实。近几年，岳父小脑萎缩比较厉害，时常发脾气，或者埋怨孩子；岳母瘫痪在床，已完全不能自理，语言含混不清，但头脑清醒。喊一声"妈"，能慈祥地应答。当儿女们纷纷向我岳母告状时，岳母琢磨半天、慢条斯理说了一句："我知道了，话里都有水分呀！"言外之意，她依然倾向我岳父，维护其尊严和形象。当得知我岳父先她过世，遗体运回老家时，她瞬间泪水涌满眼眶："我们俩一起生活了六十多年，说啥也得回去一趟，送他最后一程！"儿女们只好用救护车把她运回去，第二天再拉回来。

失去亲人的痛是撕心裂肺的，尤其是和自己肩并肩走过了一辈子的人突然离世，内心悄然崩溃。大家还没从痛苦走出来，她又突然谢世，追随岳父而去。儿女们始料未及，只感觉天昏地黑，久久缓不过神来。人的生命很顽强，又很脆弱，顽强时钢铁般宁折不弯，脆弱时宛如一根灯草，转瞬灰飞烟灭。真正成熟的爱从不用秀，那只言片语的一句问候，一丝牵挂，就是爱的全部，都让人刻骨铭心。

我岳父岳母的一生，真实折射出他们那一代中国人差不多的经历与命运、艰难与幸运、焦虑与坚守。岳父为人耿直、说话办事丁是丁、卯是卯，不占任何人便宜；岳母朴实善良、知冷知热，从不发火冒烟。他们婚姻持久幸福的原因很多，有诚信契约精神的坚守和不离不弃传统文化的浸润，以及"有些话不用说对方也明白"的默契与信任。63年，漫长却短暂的瞬间，成就了一段旷世姻缘。2019年，我去新疆了解新中国成立初期山东2万多名援疆女兵的故事。这些兵妈妈和丈夫都是从艰苦的岁月里滚爬过来的，最懂同甘共苦的含义，最珍惜相依为命的扶持。这批老兵婚姻都很稳定，没听到有离异的，令我肃然起敬。

"当代人的婚姻怎么了？"这是很现实又令人担忧的时代之问。现在有些女孩务实拜金，谈婚论嫁，男方得买上房购上车，挖父母的"坑"填平自己的路，确保婚后生活无忧，殊不知这些东西早晚都会贬值，只有选择的人、他跳动的心与人格不会贬值，会伴随和支撑平常而漫长的婚姻生活。许多人成功、有成就后，抛弃初恋，背叛婚姻，当慢慢领悟到失去的代价，又痛不欲生，常常夜深人静捂着被子号啕大哭。公平的上苍不会再给予任何人再来一次的机会，只得徘徊流浪在天堂之外。只要物欲追逐少一点，精神追求多一点，多一份生活的淡定从容，少一点尘世的俗累，谁家日子都能过得让人羡慕。

"爱情是什么？是从心灵到命运的嫁接，刻骨铭心，最终演化成没有血缘却血肉相连的亲情！"会让人激情燃烧甚至融化、烧焦的一把火。

"生活是什么？是油盐酱醋茶、酸甜苦辣咸混合勾兑的一杯烈酒，简单平凡，尝尽人间阴晴圆缺、离合悲欢。"一缕充满温情的人间烟火。

"生命是什么？是鲜活的存在，是一场从生到死的自然过程。"只是人世间随风飘散的一缕青烟。

茫茫人海，相遇容易，相爱不易，且行且珍惜。亲人默默陪伴我们成长，是无法割舍的生命的一部分，这是命运赐予的亲情、独有的缘分。切莫痛失亲人之后，才懂得感恩与珍惜。我们应该擦干眼泪，珍惜岁月，珍惜健康，珍惜生命中出现的任何人，热爱生活，热情投入生活，让有限的生命绽放光亮与色彩。

大爱无疆，岁月无垠。亘古圣洁的爱，栖落天堂。天使掀动翅膀在人间飞翔！

娘在众人心中的模样

真心疼我的姐姐

祁为进，我舅舅

2023 年立春这天，天气晴朗，气温回升，我到日照市岚山区后山北头村给舅舅拜年，并深入了解他和我母亲的姐弟情缘。我打电话时，舅舅正和本村同龄人打牌娱乐，他马上回家接待我们。舅舅不善言辞，说起我的母亲，挂在嘴边、重复多遍的话，一直是："俺姐姐真好！真好！"

我和姐姐就姐弟俩。十来岁的时候因为家里穷，经常一起去要饭吃。我们挎着一个竹篮子、两个碗，到处要饭，我记得去过崖下、薄家口、辛庄等村庄。要来点煎饼、地瓜干、糊豆（即粥）等东西，姐姐总是心疼我，先给我吃。

记得姐姐出嫁时，只陪嫁了一个包袱和两个木箱子。那木箱子其实是旧的，只是涂上了点红颜色。姐姐从来没有埋怨过老人，反而非常孝敬父母。我知道，姐姐家人口多，日子也不富裕，但在帮助父母这事上从不含糊。记得上世纪九十年代，家家户户得缴提留款，我刚缴上自己的，也没这个能力帮年迈的爹娘还了，于是我就骑上自行车跑去找姐姐："咱爹娘欠了几百块钱的提留钱，我实在没办法啦。"

姐姐问我："怎么欠这么多呀？"

"这都是好多年的陈欠了。"

"爹娘的账，当儿当女的都有份。你别犯愁，等我和你姐夫商量商量，我们共同想想办法！"

不久姐夫骑自行车到村里，找村会计看了看账目，最后一次把700多块的提留款的欠账付清了。

记得那次娘患了偏瘫，我姐姐急得火烧火燎，我姐姐、姐夫想方设法，还发动几个外甥掏钱度难关，最后凑了两千块钱，想办法帮助治疗。多亏治得及时，最后把病治好，能自理了。

我每次走姐姐家，总是往回捎好吃的，不是生的就是熟的，不是米就是面；家里没通上电，姐姐也管；冬天没炭取暖，姐姐家就送来了，我也跟着烧；我家那口子生病住院，姐姐知道我家底子薄，担心不舍得花钱、耽误了治疗，又给了我几百块。

自从姐姐出嫁后，我一想姐姐，就往姐姐家跑。姐姐见到我特别亲，"怎么这多日子没来了？"无论早晚都得留我吃顿饭，姐姐炒上几个菜肴，让我和姐夫喝壶酒。这成了雷打不动的惯例。每次酒足饭饱，姐姐就和我拉起家长里短，还常常回忆起过去受的罪，嘱咐这嘱咐那。我每次回家从不让空手，除了捎上酒就是肉、米、面等好吃的东西。

姐姐病重时，我去看望她。那时候她已经说不了话啦，但她紧紧握着我的手，眼角挂着泪，那是不放心我呀，我心里真难受。父母走了，世上我唯一的姐姐也永别了，我常常感觉六神无主。姐姐最疼我，最挂念我，最照顾我，我享受了70多年这样的姐弟亲情。

说起我姐姐，乡亲们都夸奖说："这样的好闺女，打着灯笼也找不着了。"

老嫂比母

厉现坤，我二叔

提起嫂子，我有说不完的话，遗憾的是她走得太早了。她勤劳善良本分，处处为这个家着想。我永远忘不了嫂子，我感激她一辈子。

不是一家人，不进一家门，真是这样。但这种缘分，来自嫂子的实心眼和善良的心。嫂子有主见、讲信用，凡自己认定正确的事，从不轻易更改。过去家住在东岭上，有一天，东边柿树园村的黄眉道士要饭，天都黑了，要到了我家。因一天也没吃东西，他饿得肚皮贴在脊梁骨上。我娘看着他很可怜，虽然家里也不宽裕，还是偷偷地给他卷上一个煎饼，揣进他怀里。渐渐成了熟人，黄眉道士总感觉欠着我家的情分，就决定给哥哥说媳妇。他就把他亲戚的闺女介绍给我哥。那时候，嫂子才九岁，我哥十岁，婚姻大事都是大人操办。因为家里穷没有钱，我父亲买了九寸红布作为定亲礼物。我奶奶去世时，嫂子来家参加丧事，她的家长嫌我们家穷，想让嫂子另找别的富主。

一晃八年过去，嫂子十七岁，大哥十八岁，也到了那时的结婚年龄了。嫂子到柿树园亲戚家里烙煎饼时，黄眉道士的女儿受嫂子父母的委托，要带着她到一个富户家相亲。嫂子坚决不同意，说先见见我大哥再说，因为他们自从定亲还没见过面。下午快黑天了，嫂子就到我家了，见到了我大哥。我大哥长得一表人才，身个又高，看得出嫂子十分中意。我爷爷就赶紧到三爷爷家借了六块钱，让嫂子买件衣服穿。我们这里的风俗，算是媳妇到婆家的见面钱。我看到嫂子第一次印象，穿着红袄，蓝裤子，善良朴实，一点也不生分。过了五天左右，嫂子又过来了，帮家里烙过年煎饼。这个举动，就说明嫂子和哥哥的婚事就更进一步了。就这样，到了正月底，就和哥哥结婚了。嫁妆买的旧箱子，用红漆又染一染。结婚的房子还是借了俺大爷家的。

我 11 岁那年没了娘。那时家里特别穷，没了娘，日子更难过。幸亏没过多久，我哥娶了这位能干又贤惠的嫂子。虽然日子穷些，但嫂子把家里打理得井井有条，没什么好东西吃，最起码一天三顿都有热乎饭吃。

记得嫂子刚嫁过来的时候才只有 18 岁，结了婚就承担起我们一家老小的衣食起居。一般人结了婚就分家自己过，但她没有嫌弃老的和两个小的。当时我和妹妹都还小，和哥嫂一起生活，我们又有了一个温暖的家。嫂子自从嫁到我们家，吃了不少苦。那时候粮食除了用石碓去抬，就是用石磨去碾。白天干活，晚上推磨，磨粮食。每逢嫂子回娘家，时常领上我。那时穷没有像样的衣服穿，嫂子没有嫌弃我，就把她结婚穿的新棉袄给我穿。第一次穿新衣服，心里甭提有多高兴了。这可是她的唯一嫁衣啊！

嫂子嫁过来，家里就翻了个，日子大变样。邻居都夸奖说我哥找了个能干的好媳妇，不知那辈子修来的福。

我特别感激嫂子为我张罗找媳妇，这是一辈子的大事。找媳妇首先得盖新房，家里穷，哪里有钱啊。光靠挣工分，门也没有。嫂子决定养老母猪，卖猪仔，这样白天还不耽误在生产队里挣工分。经全家共同努力，几年工夫就攒足了盖上新房的钱。有了新房子，嫂子又张罗着给我说上媳妇。我这样的家庭，还能娶上媳妇，原来做梦都不敢想。现在我也有了一个幸福美满的家庭，而且也是子孙满堂，我真的特别感激哥嫂的付出。我们邻居有个青年的家庭情况和我一样，个子很高却没找上媳妇，主要原因是没人给他操心张罗。俗话说老嫂比母，这话一点也不假，我深有体会。我和哥嫂共同生活了十三年，和嫂子从没争执过，也没红过脸。

哥嫂虽然离开我了，现在想想，我就越发特别地感激他们。是他们用善良和淳朴帮助了我，改变了我的命运，让我有一个幸福美满的家。如果没有嫂子，就没有我今天的好日子，也就没有我们这个大家庭，也就不可能培养出像彦林侄这么优秀的孩子。

今生能遇上嫂子，是我一辈子的福气，嫂子是让我一生最感恩的人。

我心目中的好嫂子

厉现展，我三叔

自从哥哥嫂子不在了，我就没地方去了，也没人说说知心话了，心里总是空荡荡的。

想起嫂子和哥哥，心里至今还很难受。毫不夸张地说，哥哥嫂子活着的时候，他们是我的最好陪伴和精神支柱。

提起嫂子的为人，村里没有不夸奖的。她不仅善良，爱帮助人，还是持家的能手。我和嫂子之间没有隔阂，无话不说，无事不谈。嫂子以长嫂的身份，对我也是说话爽快。我有不对的地方，她会直接批评我。说起来就那么怪，嫂子的话，在我心里就是和风细雨，尽管是批评的话，我听了心里就是觉得舒坦，愿意听。嫂子就像对亲弟弟一样关心我，疼爱我。我今生遇上嫂子这样的人，既是缘分也是福分。

患难见真情，人在困难的时候，就能看出真心来。记得有一年夏天，不仅雨大，风也大，东风把雨直接吹到山墙上。我家的屋山墙被大雨泡透淋塌了，屋顶也被大风掀了盖，一家老小就暴露在风雨中。那时家里穷，也没有钱维修房屋。我正愁得抱着头在那里发呆，不知道怎么办。这时，嫂子突然来到我家，把钱送到我的手中，当时我就感动地哭了。嫂子让大哥找人一起帮忙把屋修盖了起来，解决了我住房的燃眉之急。还有前些年，我有病做了个小手术。嫂子听到消息，就把自己养了多年的那只甲鱼给我炖了，亲自拄着拐杖送给我补身子。一再嘱咐我别累着，千万养好身体。不久嫂子家盖屋，因我也略懂一二，就带病出来帮着干些轻快活。怎么就那么巧，被嫂子发现了。这可不得了了，嫂子拄着拐杖劈头盖脸地就要打我。我赶紧向嫂子承认了"错误"，其实我知道嫂子是怕我干活累着了。

我和嫂子相处无拘无束，嫂子家里有什么活我也乐意帮着干。譬如剥花生、扬场等农活，都是力气活，大哥在村里当会计事多，他也不大会干，大嫂喜欢让我帮忙。帮着干这些农活，大嫂从不让我空着肚子走，得管饭。有时活干完我回家了，还得让侄女把我叫回来，又是酒又是菜的。在吃饭时，嫂子还要拿勺子监督我，随时给我加饭，就怕我吃不饱。不吃嫂子就敲得勺子当当响，吃饱了嫂子还喜得了不得。我家孩子他妈说：嫂子心软，心眼好，不使诋（方言，坏的意思），大家都念着她的好。

嫂子是个勤快人，是对家庭负责的人，嫂子一人承担全家的劳力，千方百计把孩子拉扯大。嫂子伺候哥哥也没得说。我经常看到吃饭时，嫂子给大哥把鸡蛋皮剥好，煎饼也卷好放他手里。

哥哥嫂子都走了。到现在一想起他们，就感觉他们还活着一样，觉得他们没有走远，就在我的身边。

天底下难找的好嫂子

厉现香，我大姑

2023年元宵节前一天，我陪二叔和妹妹、妹夫去看望84岁的大姑。大姑正在门外晒太阳，看见我们就赶忙推着轮椅招呼我们往家走。说话声音洪亮，思路清楚，聊对我娘的印象一个多小时，她也不知疲倦。最

后，她紧紧攥着我的手说啥不让走，我说："再来，再
来看你！"

　　我娘去世后，只有父亲一个男老的，领着哥哥、我和弟弟、
妹妹一群不能自理的孩子过日子。自从嫂子嫁过来以后，家里有
了笑声、有了温暖。嫂子虽然年龄也不大，却像长辈那样照料着
我们。那时候条件差，经常吃不上喝不上的。嫂子办点饭，总是
惦记这、照顾那。对待老人更是没二话说。从锅里盛出的第一勺
子饭，都是先给我爹，我们再由小到大分着吃，到了嫂子这里，
她往往饿着肚子。哪怕就是炒一个鸡蛋、煎一条小鱼，也得给爹
留一口。那年月，没吃没穿的。那年冬天，我奶奶曾给我捡了个
死孩子的衣服，用开水烫了烫给我改造了一件小褂子。我有些害
怕，一到晚上嫂子就帮我把它挂在屋外的牛棚上，第二天早上再
用棍子给我挑回来，用火烤烤再让我穿。那时候，一家人常年见
不着油水、闻不到荤味。爹只好给队里杀猪，忙活完，可挣一盆
猪血或一副猪脾。记得那年开春，又挣一副猪脾。我们一家人的
肚子早就馋得咕咕叫了。嫂子用它炖了几顿菜，其中有一顿是青
叶白菜，汤一大锅还很鲜。
　　嫂子嫁到我们家的当年，我就结婚了。嫂子对俺没得说，心
中总是惦记俺，一直拿着我高高在上的，家里有点什么好吃的，
也挂念着我。我逢年过节回去走亲戚，都是客客气气的，热情招

待我。看到弟弟、妹妹生活得很好，我也就放心了，挺满意的。后来在嫂子的操办下，弟弟盖了新房娶上了媳妇，妹妹也出嫁成人。这可是了不起的大事。当时，布票按人头发放，大人六尺，小孩三尺。我刚结婚不久，需要添置的衣物多。没想到嫂子还给我挤出了六尺布票，让我再添件衣裳。嫂子还给我们家养育了一群好孩子，真不容易。

嫂子的好处说不完。我们没红过脸，虽然也吵过、争论过，但不是真生气，嫂子总是宽容、将就我，真是天底下难找的好嫂子。

我们老厉家的大功臣

厉现雪，我二姑

一晃嫂子去世也八九年了。一提起嫂子，我的眼泪就止不住往下流。嫂子她心眼好，善良，为人忠厚老实；聪明，脑子也灵；处事大方，不眼生；人勤快，不馋不懒；对自己的孩子好，上心疼。我这辈子遇上嫂子，是福分，很知足。

我从小就没有了娘，九岁就跟着哥哥嫂子过日子。嫂子嫁过来时才十九岁，回娘家也领着我。我小不懂事，嫂子怕我吃不饱，就多给我盛饭。我十二岁时也没像样的衣裳穿，嫂子就用几个手方（手帕）拼接起来，给我做了坎肩穿着。

　　我结婚时，娘家、婆家都穷，婚礼是哥哥嫂子帮着准备的。嫂子给了我三十块钱，那时候一个工日才几分钱，这钱就是大数了。还陪送了两个箱子，一个三个抽屉的长桌。

　　嫂子心好、善良，惦记人、心疼人，不护东西。每次我回娘家，嫂子都争着让我到家里吃饭。无论活再多再累，嫂子都要张罗着招待我。临走的时候，还给大包小包地拾掇东西让我捎着。那时候日子都紧巴，我来的时候都没带什么东西，感觉不好意思要。我如果不要，嫂子就吵我，硬塞给我。哪次都不让我空手回家，我知道那是嫂子心疼我。我从小没有娘也没有婆婆。当生第一个孩子的时候，是嫂子给我的鸡蛋、米和面，让我坐月子吃。我有病手术，嫂子帮着我养鸡吃。对俺无二心。

　　嫂子和我大哥是娃娃亲，是嫂子九岁定的，是黄眉道士给说的媒。在我眼里，嫂子特别疼爱大哥。嫂子和哥感情好，没吵过架。一辈子没有二心二意，伺候大哥比伺候客人还厉害。煎饼得放手里，经常悄悄又给舀上一勺子饭。

　　那时候生活困难，没得吃。记得那年嫂子买了十斤瓜干放在炕上，用棉套盖着，还是被我和二哥给偷偷吃了。嫂子以为是被老鼠拉走了，她没想到是被我们这两个"大老鼠"给吃了。嫂子二十岁生了大侄子，月子里也得喝凉水。吃饭从没自己先吃，都是一块吃。没得吃，她自己就喝汤。

　　嫂子这辈子不容易，把这些儿女养大成人。嫂子是我们老厉家的大功臣，我永远怀念她。

嫂子处处惦记人

薄自玉，日照市岚山区薄家口村人，我二姑夫

嫂子个头不高，圆脸，白皮，为人实诚，对人和气。早年我们家穷，吃不饱也穿不暖。我从小没有娘，我们的亲事，嫂子很同意，说"日子得靠自己过，不能光指望老的"。嫂子心疼小妹妹。当谈及陪嫁时，嫂子说：你家穷，就不要嫁妆了。她给买了一张桌子和一对箱子。我们结婚后，嫂子知道我们家穷，经常给我们捎点米或者面什么的。

当时买那老屋时嫂子给了60块钱，我说："等我有了，还钱。"嫂子笑了笑说："不要了，算帮衬了。"

那年村里规划通路，老屋碍事得拆。嫂子听说俺的老屋要拆，一晚上没睡着觉，第二天突然跑来了。一看，屋被拆了，通路了，我们一家住在地震棚子里。嫂子回去就和孩子她舅舅商量，帮着我们找建筑队盖房子。想起这些我心里就不好受。孩子的舅东奔西跑找人盖屋，嫂子蒸上馒头，捎来菜还割上肉、买上鱼，不久我们家盖了五间屋。

嫂子对老人孝顺。记得那年春我去走亲戚，嫂子在家煎东海特产黄鲫子鱼。那鱼味道香，老远就能闻到。鱼煎好了，大家分

着吃，最后轮到嫂子自己就没有鱼了，嫂子就用煎饼抹了点锅底的油，只尝点鱼腥味。彦林的爷爷格外留下两条给嫂子吃，嫂子笑着说："你吃了吧，你吃了为我们积福！"

嫂子就这么个人，总是先想着别人。

婆媳亲如母女

朱晓梅，我妻子

俗话说"婆媳生来就是天敌"，这是一道难解的题。不是一家人不进一家门，我和婆婆的关系却亲如母女，婆婆疼我，我爱婆婆。她虽然离开我们快十年了，但她的音容笑貌依然，我记忆犹新。她对老人的孝敬、她的勤劳善良、对子女的爱、面对病痛的毅力都深深感染了我、教育了我、激励了我，我学习她、模仿她，努力做贤妻良母，尽好儿女的孝心。

记得上世纪八十年代，我刚嫁到老厉家的时候，那时婆婆还很年轻。面对那么多的子女，当她盛好第一碗饭，第一个送到爷爷手里的时候，我看到了她对爷爷无微不至的关心照顾，看到了爷爷脸上满意的笑容。这让我很感动，我知道了怎样报答养育之恩，什么是暖暖的亲情、和睦的家风。

婆婆对我们的叔叔、姑姑，对子女百般呵护，让我懂得了做长者的责任，也感受到了浓浓的亲情，她的母爱是伟大的、无私

2010 年春节全家福

的、无怨无悔的。我做她的儿媳妇，感到很幸福。尽管每年的春
节天气特别冷，老家各方面的条件比不上城里，但我们还是非常
愿意到她的身边，感受她的关爱，也尽一份做儿女应尽的孝心。
我们唯独一年没回老家过年，说好上完年坟就带两位老人来济南
过节。临行前，婆婆叹着气说："咱走了，你二叔过年怎么办？"
我们说："俺二叔也快六十，都子孙满堂了，你放心吧！"

　　婆婆对我疼爱有加、厚爱一层，当公主一样宠着护着，我真
有些受宠若惊。每次我们回老家，都是先晒被褥，早早割肉买
菜，做着各种准备。冬天怕我冷，被窝里早早放好了暖袋；夏天
早早打药除蚊，晚上我们躺在平房上看星星、吹山野凉风，老母
亲不时端来黄瓜、苹果、甜瓜……我们美美地享受着这份浓烈甜
美的亲情。记得她曾当着三个妹妹的面，把侄子送给她的金首饰
送给我。她笑着说："你们别攀比，你嫂子不是我亲生的，但我
们更亲。"我当时好感动，感觉这份亲情比黄金还贵重。

　　1987 年，我们的儿子出生，奶奶对大宝贝孙子，毫无原则
地溺爱。我劝婆婆："这样一味迁就孩子，可不行。"婆婆用和
蔼的口气反驳我："现在还嘴硬，等你真当上奶奶就不这样说
了。"儿子爱吃鸡肉，奶奶春天就买来一群小鸡仔，喂到暑假时
才一斤左右，让我儿子每天吃一只奶奶精心喂养的鸡。因而一
到暑假，儿子就喊着回奶奶家，这一点也不奇怪。

　　最让我感动的是，2000 年婆婆生病，病得还很厉害，可她怕

影响儿子工作，又心疼花钱，就默不作声地强忍着、硬扛着。我专程跑到日照去看望她，虽然强忍病痛，可那满头的白发和蹒跚的步履，仍然说明老母亲真的老了，不再是那个永不知疲倦、永远乐观的老妈了。我们立刻把她送到医疗条件最好的山东省立医院，全面检查治疗。治病期间，她的毅力超乎寻常，忍着巨大疼痛，展现给我们的永远是乐观和信心。感谢上苍，驱走病魔，把那个善良、健康的老妈还给了我们。病愈出院时，她高兴得像个孩子，脸上又恢复了昔日的笑容。

我儿子结婚时，公公、婆婆早早安排好老家的事情，来到济南等待他们晚年那个最期盼、最神圣、最庄严的时刻。孙子的喜事成了最好的"强心剂"。婆婆本来患风湿性关节炎，两腿变形走路困难，但那几天走路上台阶都不用别人扶。回到老家掩饰不住内心的激动，又自作主张，在村后的小饭店自己掏钱请几家亲戚和本家叔父大爷喝喜酒。我们说她不该声张，她说："你别管，俺孙子结婚，自己花钱请喜酒，咱不图钱财，就图个心里舒坦。"别人的喜钱一分也没要，看得出婆婆处事分寸把握得好。

岁月匆匆，我跟婆婆相处了快四十年，总感觉时间越久越亲。每每想起来，感觉那温暖的母爱和浓浓的婆媳情犹在，一直陪伴着我。

我挚爱的娘亲

厉彦美，我大妹妹

说起娘，在我的心中，她最伟大、最勤劳和最善良。虽然娘没有做多少惊天动地的事情，但她对于家庭，对于儿女，所做的实实在在的日常"小事"，又能感地动天。

娘为人善良正直，勤俭起家。娘十八岁就嫁给了父亲，父亲从小就没有了娘。那时候家境本来就很穷，再加上没有婆婆，持家日子更是难上加难。自从我娘来到了这个家以后，家里可就大变了样。虽然日子过得清贫些，但娘把家里的一切打理得井然有序。

娘是个头脑十分灵活的人，从来闲不住，似乎有使不完的劲。当年靠在生产队挣工分维持生计，吃饭困难，又要供我们几个孩子上学，更吃累。娘决定养老母猪，等下了猪仔卖钱，改善和贴补家用。那时候人都吃不饱，哪来的粮食喂猪啊！猪不喂它也不长啊！娘就带着我去割青草。每个夏天割了好几垛青草，晒干后用机器粉碎，这就是一年的猪饲料。养猪还真换了钱，我家生活也得到不小改善，日子也逐渐红火起来。

娘从不向困难低头，在生活中从不服输。当年闰月的年份，娘就更犯难。因为不闰月粮食都不够吃，一闰月就更难了。于是每年到了秋天，等队里刨完地瓜和花生，娘就领着我和二妹妹出去到地里翻刨秋收落下的花生和地瓜。每次跟着娘出去，都是收获满满。我干了一会儿觉得腰酸腿疼想休息，而娘浑身却有使不完的劲。等我大一点才明白：娘不是不累，而是为了多收入点，改善家里生活，让我家能够吃得更好一些。记得每次吃饭娘都是最后一个吃，她把我们全家每个人的饭都给盛得满满的。爷爷和父亲必须得吃饱，我们几个孩子正在长身体也得吃饱，轮到娘自己时经常没饭了，只能喝点汤，有时连汤也没有了。日子虽然艰难，经娘的精打细算，我们几个孩子没怎么挨过饿，日子照样过得幸福温暖、有滋有味。

娘对儿女的疼爱，胜过疼爱自己。虽然家里生活不富裕，但娘从没让我们几个儿女受委屈。娘心细，很疼爱我们几个孩子，生活上对我们照顾得无微不至。我记得最清楚的是：我在镇中学上学的时候，无论娘干农活回家有多晚，有多累，都要给我包饺子吃。娘只要一回到家，水也顾不上喝一口，就立刻和面、剁馅等忙活起来。可要知道，娘是干了一天的农活，是拖着疲惫的身子给我包饺子的。每次周日返校时，娘总是给我准备大包小包的一些好吃的，什么小咸鱼、花生米、肉炒咸菜疙瘩等。让我最爱吃的还是要数娘腌制的咸鸭蛋。那鸭蛋白不太咸，打开时鸭蛋里面的蛋黄就流油，特别好吃，就连同学都特别羡慕我。娘好吃的东西自己一点也不舍得吃，都留给爷爷、父亲和我们吃。后来生活条件好了，娘也难改这个"毛病"。娘就是这样的一个人，宁可苦自己，却从不委屈和苦孩子们！

娘与人为善，也与邻为伴。娘疼自己的孩子，对叔叔、姑姑也特别好。邻居有难处，也毫不犹豫地帮助。记得我家隔壁邻居的三婶子，因重病去临沂治疗，家里只剩下三个不懂事的孩子。娘特别同情，为让三婶安心治病，做饭时经常多做，送给邻居的孩子。娘虽然干的都是这些小事，但我特别敬佩她！娘的品格永远鼓励和鞭策着我！

娘已经故去多年，但每每回家看到老房子和那充满生机的菜园，就让我想起了娘。仿佛娘依然坐在门口的凳子上等待我们回家，仿佛依然能闻到娘那亲手做好的饭菜香⋯⋯

难忘母婿情

宋呈祥，我大妹夫

乡下有句俗语：丈母娘看女婿，越看越欢喜。在我与岳母的交往相处中，切实验证了这一点，我从中感受到了岳母的勤俭朴素善良的品德和对我这个女婿的深情厚爱。

岳母在世时，我每次和妻子回老家，老远就会看到岳母坐在家门口的凳子上或拄着拐棍不停地向路口张望。人还未进入家门，伙房就飘来饭菜的芳香。每逢周六周日，岳母按惯例早早生火架炉子，预先做好美味佳肴。那墙角处熟悉的炉子，和岳母握铲翻炒的身影，已刻在我的脑海里。

岳母患有风湿性关节炎，两腿弯曲变形，走路困难。尽管如此，她支撑着腿疾的躯体，依然不停地劳作、收拾家务。除了做饭，还喂养鸡狗鹅鸭，收拾菜园地。

爱儿女也爱女婿，从岳母平易近人的表情中和那温和的语气里就能切身感受到。每次看见岳母，岳母总是笑对于我，亲切地称我"昊楠他爸"。一再嘱咐我和妻子好好相处，共同担负家庭责任，把孩子抚养好、培养好。每当我们回日照的时候，岳母总是不让我们空着手。一再让我们车里装上自家地里产的农产品以及白菜萝卜等新鲜蔬菜，还包括鸡蛋鱼肉。当我们真离开时，她仍然用那种依依不舍的神情，目送我们走得很远很远。

岳母的家境，相对于农村一般家庭来说，还是比较殷实的。岳父上了年纪，还依然耕种着责任田，再加上担任村信贷员，还有些微薄的收入。尽管如此，岳母平日生活依然十分节俭，甚至节俭到让人有些不理解。难怪村里人说，孩子有工资，你还这么拼命干什么，该享享清福啦，但岳母一笑了之，继续做着她以为对的事。一次，我们和妻子回家看望岳父母。我撕开了一条烟招待客人，不经意顺手就把烟盒扔到门外的水沟里。过一会儿，我偶然发现，那个烟盒却在墙角处废品堆里。我和岳父喝完酒，又把空酒瓶丢在门口的水沟里，过一会儿瓶子又回到墙角处。我渐渐知道岳母把破烂积攒起来，去换钱。这种节俭的做法，教育了我。从此，我再也不扔纸壳和酒瓶子了，而是主动地收好存好，好让岳母卖破烂换钱去。

岳母虽然离开我们已有多年了，但她的身影却时常浮现在眼前，延续着我无尽的怀念。

娘最牵挂我

厉彦兰，我二妹妹

我是最让爹娘牵挂和操心的那个孩子。我从小身体弱，娘对我格外照顾和关心，经常给我开"小灶"，想尽办法给我增加营养。所谓"小灶"就是煮个鸡蛋吃，在今天看来这极为平常，可在那个年代鸡蛋是上等营养品。记得我刚参加工作，每次回家娘都给我做我爱吃的，好像我在外面肚子吃不饱似的。上班走的时候，娘为我煎鱼、煮鸡蛋、烙煎饼等，就怕我在外面饿着。

在日常生活中，我无时无刻不享受到娘的牵挂。有一次我回家给爹娘送点吃的，预先打了招呼不让娘做饭。不凑巧，客车在路上出了故障，回家就晚了两小时。那时候通讯没有现在发达，没办法告诉娘。天黑了，已经伸手不见五指，娘在家急坏了，自己就拄着拐杖，找邻居家弟弟帮着去接我。当时我还生娘的气、埋怨娘："我都四十多的人了，你还不放心我。"当时娘身体不是很好，我主要担心娘磕着碰着的。回到家后，娘念叨着对我说：

"现在有个娘惦记，你感觉不到。等没了娘，就知道了。"每当回想这话，我就抑制不住自己的情感，不由自主地泪流满面。如今再也见不到天冷了让我多穿衣服、回家等我吃饭、路上嘱咐我注意安全、到家来个电话无微不至疼我的娘了。

娘在日常生活中不仅牵挂于我，还教育我要尊老爱幼，孝敬老人，传承家风，让我懂得做人的道理。小时候给我留下印象最为深刻的场景：有一次娘正在煎鱼，我爷爷回家了。娘对我说，"快把煎好的鱼先给你爷爷吃。你爷爷年纪大了，不能吃得太咸了。这些鱼放的盐少，年纪大了急饭，和小孩一样。"娘孝敬我爷爷的这件最普通的小事，深深地教育了我。我结婚后，那个春节就给娘买了件衣服。就在这时，娘突然问我："给你婆婆买了吗？"这让我猝不及防而又大吃一惊。娘又提醒我，"以后给我买东西，也必须有你婆婆一份，不然我不要。要不，你也别给我买，爹娘都是一样的！"娘这掷地有声的话，一直深深刻在我的心里，回响在我耳边。自此后，我一直按照娘的话去做，好好地对待和孝敬公婆。我们姐妹仨从小受爹娘的教育和熏陶，在孝顺老人方面从不斤斤计较，不搞攀比，都各自受到婆家和左邻右舍的好评。

娘是天底下最好的娘，她把一生的所有都无私献给了儿女。她为我们这个家贡献了一辈子。娘活着的时候，始终牵挂着儿女和他人，唯独没有她自己！举头三尺有神明，其实娘从没有离开过我们，天堂之中，娘仍然把她的儿女牵挂。

我怀念娘，感恩娘，娘永远活在我心中！

回忆我的岳母

宋家团，我二妹夫

转眼间，岳母去世近十年了。回想与岳母共同生活的点点滴滴，许多事情让我难以忘怀，特别是她视婿如儿的人间至爱，让我感念一辈子，怀念一辈子，珍念一辈子。

1992 年春暖花开的一天，我作为新女婿第一次登上了岳父家大门。席间，我与岳父，还有几位长辈聊得很融洽。酒毕吃饭，猪肉粉条熬白菜，印象最深的是岳母给我盛了满满的一大碗，里面几乎全是瘦肉和粉条。第二次去，岳母又给我盛了同样一碗，我笑着说："我喜欢吃点肥肉，不喜欢吃瘦的，另外，粉条我也不太喜欢吃。"岳母左手拿着筷子右手拿着勺子，一脸的不相信，说："我记得上次给你的那碗瘦肉和粉条，你不是也全吃上了吗？"我红着脸说："第一次我不好意思说。"自那以后，只要我回去，即便是端上桌的炒菜，也总有那么几块肥肉片藏在里面。那些年我经常听到一句话："志远（我的儿子）他妈，你临走的时候把板上那块肥肉捎着，志远他爸愿意吃。"岳母就是这么有爱又上心的老人。

记得在 1999 年 5 月初，我还在莒南八中工作，当时号召义务献血，学校组织自愿报名。我第一个报名并献了血，后来被岳母知道了，心疼得了不得，一边掉着眼泪一边说：看他那个瘦样的还献血，得好好补补，堂屋里牛奶你临走捎着，家里有的尽管拿。临走时，还逮了一只鸡坚决让我们带上。

2010 年 6 月 9 日下午，我刚参与完那年的高考工作，得了带状疱疹，要输液十几天。我知道岳父村的村医有治疗秘方，立即驱车往回赶。我刚停好车就闻到一股香喷喷的炖鸡的味道，一进门，发现岳母正坐在过道的小椅子上，左手拿着拐棍，看着面前的炉子，炉子上面坐着铝锅，铝锅正冒着热气。我问："娘咋煮鸡啦？"岳母答道："嗯，听说你得了蛇胆疮（带状疱疹），我就寻思得了蛇胆疮这个忌口那个忌口的，就给你煮了个鸡。"她拄着拐棍弓起身子，右手把锅盖拿开，用筷子插了插锅里的鸡说："快，正好烂了，你先喝点汤，吃条鸡腿吧！"我站在岳母身后，眼泪瞬间充满了眼眶，一句话也说不出来。得了带状疱疹需要忌口的，什么牛肉、羊肉、海鲜，豆腐、芫荽、辣椒等，都是不能吃的。本来我没打算提前告诉两位老人的，谁知道我回来治疗，老人家早就忙活上了。

这就是我岳母，日夜操劳，勤俭持家，平时连一个牛奶盒都不舍得扔掉，为了孩子们却甘愿罄其所有。在她的眼里，女婿、儿媳都是她的孩子，比她亲生的还要亲。儿女有什么事情，好似偷走了她的心、剜走了她的肉，事事为儿女着想，处处为儿女操心，心中唯独没有她自己。

岳母去世后，在按照农村风俗为岳母送盘缠的那个晚上，我跪在她的灵前，悲痛万分，泪流满面！

岳母虽然走了，深沉的母爱却依然流淌在我身上。

铭记娘的温暖

厉彦英，我三妹妹

娘离开我们快十个年头了。我总感觉娘没有离开我们，冥冥之中娘就在身边。每当听到关于父母的歌曲，就不自主想起自己的父母，眼泪就在眼睛里打转。娘是这个世界上最疼爱我们的人，是希望我们日子过得好的人，也是不求任何回报的人。

娘的勤劳善良和淳朴来自骨子里，深深感染着和打动着我。尤其是我作为她最小的女儿，对我更是疼爱有加。我们兄弟姊妹一起怀念和议论娘时，大家都说娘最疼我。娘这种疼，不是那种溺爱的疼，也不是因为我最小的疼，而是似乎没道理的疼。从小我就在娘那温暖的羽翼下长大。生活中，娘无处不对我关爱，时时对我特殊照顾。如不让我拿镰和锨，重活也不让我干，好吃的还先让我吃，就连我自己都认为娘对我"偏心"了。记得小时候，家里生活条件差，没有厚实保暖的棉衣穿。冬天我的手和脚就被冻伤，痛痒难耐。好多地方被我抓破，流血水。娘嘱咐我不能用手抓，以免弄伤感染，会留下疤痕。娘为了止痒，就用手轻轻地给我揉，有时轻轻地拍打，缓解疼痛。娘也到处打听治疗冻疮的方法，有涂的药，也有泡的法。娘还经常把我的手和脚，揣进她的怀里为我取暖。为防止再冻伤，娘就用花布和棉花给我做了棉手套保暖。娘不仅治好我身体的伤痛，而且把那份温暖牢牢刻在我的心上。

我婚后生活在外地，离娘远了。娘对我的牵挂，也就更多了，嘱咐得更细微了。要求我经常给家里打电话，好让她放心。每次回娘家看娘和父亲，娘总是做些好吃的让我吃，临走时还要捎带许多农产品，就怕我缺着。听姐姐说，我走后，娘回到屋里就大哭一场，娘唯独对我这样。听了既动情，心里又感到特别的温暖。

时间退到三十多年前，最让我记忆犹新的是那年冬天。我从济南回到老家，当时天气很冷，零下十七八度。由于路途遥远，到家的时候已经深夜了。我撑不住旅途的疲惫，就直接睡下了。到了第二天清晨，我还没有睡醒，就被一阵轻轻的敲门声惊醒了。蒙眬中我不情愿地打开门，却惊奇地发现娘一手拄着拐棍，一手端着一碗热气腾腾的鸡汤送到我的床前。我仔细一看，碗里面竟然还放着一条鸡腿，一股暖流即刻涌上心头。娘说："天冷，家里也没有什么事，就在被窝里暖和着吧，不用起得早。"娘直到看着我把鸡汤喝完才离开。娘一直就这样牵挂着我，疼爱着我，呵护着我，让我备感温暖。

娘每时每刻都体现着对我的疼爱，就连娘在生病的时候也是如此。娘患的是脑血栓，身子不能动，不能说话，她竟然用另一种方式，那就是肢体语言来表达对我的爱。给她送的病号饭，她不舍得吃，还习惯性地推让给我吃。晚上我值班陪护娘，夜深了，我有点瞌睡，娘吃力地用能动的手推着我，那意思分明是让我去另外一张床上睡觉休息。有一次我们姐妹几个都在陪护娘，大家剥开香蕉放在娘手里。我们姐妹就围在娘的周围，张着大口，看看娘把香蕉给谁吃。娘看看我大姐，再看看我二姐，最后选择了我，把香蕉放我的口里。我姐爱开玩笑地说娘对我"偏心"，有点好吃的东西娘就给我吃，这回真的"验证"了。

娘非常重视对我们的教育和养成。娘教育我们尊老爱幼，教育我们做人和做事。从我很小的时候，我就记得，在我们家，第一碗饭，都是给我爷爷。娘告诉我，爷爷年龄大了，我们要先尊让老人，你们小孩放后边。娘那朴实的话语，让我们懂得了不少生活知识和人生哲理……

娘活着的时候，我享受着娘给予我的温暖。娘去世后，每每想起娘的从前，仍然感觉异常温暖。如今对娘的思念和怀念，如燃烧的火焰，旺而不减。我为我有一个知冷知热、温暖疼爱我的娘而感到幸福和骄傲。

难以忘怀岳母的那份牵挂

张洪岭，我三妹夫

我的岳母生前居住在沂蒙山区最东北角的一个小山村。我们兄弟姊妹四人工作和生活也分别在不同的城市。岳父母两位老人，一直生活在农村。由此子女们也就不能经常陪伴在他们的身边，更谈不上与老人经常见面了。

岳父母上了年岁，身体大不如前，在外工作的儿女们总少不了对他们的惦念。人到老了也像小孩子一样，越发思念亲人。老是惦记这个惦记那个，关心儿女是否吃好和穿暖，工作怎么样，问这个外孙是否长高长胖了，学习怎么样等。老人身在家乡，心思却早就随儿女而去。

过去儿女通过书信问候老人，通过文字的表情达意思念。后来村里有一部电话，安装在村支书的家里。岳母听说后喜出望外，就把这一好消息写信告诉儿女们。我们听说后，也是欣喜万分。我们约定了通电话的方式，当想念岳母岳父了就把电话打到支书家里，然后挂断，再由支书或家人去叫岳母接电话。再过20多分钟，我们再把电话打过来。每次打电话，岳母早就在支书家等候多时了。每次听到岳母那头"彤彤爸爸可好"的问候声音，就倍感亲切和温暖。岳母总是把家里所有人一个不少地问个遍，又家长里短地嘱咐了个遍。我们通过电话，也了解到两位老人一切安好，心里就踏实多了，工作不仅精力集中，也更增加了动力。可以想象，岳母听到我们有电话打来时，那种激动的心情难以言表。无论白天黑夜，她必定整理好衣服，拄着拐杖，蹒跚在接电话的村巷中，赫然风尘中那飘洒的白发，更显得那么闪亮耀眼……

岳母一辈子淳朴善良，就怕给人家添麻烦。岳母腿脚不灵便，天天到支书家里接电话，感觉影响和麻烦人家，终究也不是个办法。村支书来家里喊了几次接听电话，岳母就开始过意不去了。2000年初的时候，我和家属彦英商量，决定给家里老人安装一部新电话。这部电话，也是这个小山村个人安装的首部电话机。电话安装后，我们与岳父母通话更加频繁了，时不时地就能听到岳母那熟悉温和的声音。岳母在电话里也总问问孩子的学习情况，还让孩子亲自接电话听听童语童音，才心满意足。可以说一次电话，我们一家人都要轮番接听。电话安装接通了，岳母反而更对我们"牵挂"起来。她将座位移到离电话更近的地方，一天看着电话、守着电话，等着和盼望着电话铃声响起。至今那门框边的电话还在，而且墙上还留着岳母扶墙接电话的印迹，唯一不见的就是岳母她那满面春风接电话时欢声笑语的身影了。每每想到这里，就更增加了对岳母的怀念。

岳母家里安装了电话机，在那个时候的乡村无疑也是个新鲜事，这一消息也就很快传遍了整个小山村。左右邻居的大婶大妈，也纷纷前来看个新鲜，由此家里来人比以往也多了起来，少不了村民和左邻右舍前来打电话或接听电话。岳母是个热心肠的人，当村里和邻居家有外地来了电话，岳母就接起，然后放下电话就去喊人，唯恐耽误人家。岳母家一时成为村里热闹的"传达室"，岳母自然也担当起了义务"接线员"。自此在外工作的、打工的、学习的、出差的人，只要往岳母家打来电话，岳母就会拄着拐杖，迈着蹒跚的步伐，把每一个游子的平安信息送到每家每户。岳母乐此不疲，无论风雨、天寒地冻，从没有耽误人家电话的接听。此后，岳母对儿女的牵挂，扩展为全村人对自家亲朋好友最美好的牵挂。

有了电话以后，节假日回老家的时候，我们就提前通知岳母。接到电话，岳母就有时间准备了，她把积攒了一段时间自己舍不得吃的所有好东西都拿出来。岳母虽然行动不便，但一定要亲自下厨，把亲情、思念、所有的疼爱全都凝聚在一道道美味的菜肴里，让我们吃得酒足饭饱，岳母才高兴和满意。有一次周末我出差从青岛回来，正好路过老家，我就没有提前打电话报告，心想给老人一个惊喜。我一进门，岳母看到我又惊又喜。她习惯地问了一圈她心中的所有牵挂，然后开始一遍遍念叨，怎么不提早打个电话过来，让她好好准备准备。岳母唯恐我来不及吃她日常为我们精心准备的美食。

按照惯例，节假日无特殊情况，我们都要回老家看望岳父母。每次返回时，两位老人都是很不舍。虽然岳母行走很困难，但是她都要拄着拐杖送出很远。岳母是一个充满感情的人，尤其对作为小女儿一家的我们，更是疼爱有加。有一次在回眸中，我亲眼看见岳母在偷偷地抹眼泪，我知道她是难舍我们呀。她送我们时直到我们的背影消失在拐弯处，她还在用力地喊一句：到家了，给我来个电话哟！

一部电话，不仅架起了一座岳父母与儿女相通的桥梁，而且也连接和拴紧了彼此相互牵挂的心。一部电话，宛如两只温情的双手，一手牵着儿女，一手牵着岳父母，互祝平安，让我们的爱心、孝心得到诠释，更让我们的亲情在一次次的问候和牵挂中得到了升华。

如今，那部岳母生前所用的电话机依然悬挂在那里。每逢回老家，我定然在电话旁静默沉思，耳边仿佛又听到岳母在电话中传来那既熟悉而又亲切的问候声。睹物思人，不由得让我想起了岳母对我们那份永远难以忘怀的牵挂！

嫂子教我烙煎饼

董美华，济南下乡知青，当年曾吃住我家

转眼近五十个春秋，每当想起那段知青生涯，我就想起厉家泉村，更忘不了在村东岭上现进大哥家体验生活的日日夜夜，尤其是跟嫂子学烙煎饼的情景。

1968 年 2 月 28 日，我们济南知青组 14 人，下乡到沂蒙山区莒南县厉家泉村。都是十七八岁的青年，主动接受贫下中农再教育的热情高，争着到农户家同吃同住同劳动。我很高兴到了厉现进大哥家。青黄不接的季节，这一带的庄户人家，每天的主食就是地瓜面烙的煎饼，现进大哥家也不例外。村里人都夸他家嫂子烙一手好煎饼，于是我就暗下决心，要跟嫂子学学烙煎饼这一生活技能。

有一天晚上，我们小组没排练节目，我就提早回到家，看到嫂子正忙着往一个大瓦盆里挖地瓜面，这是明天早上烙煎饼呀？"嫂子可别忘了，你答应教我烙煎饼的事！"嫂子接话说："他姑，滚煎饼可是遭罪的活。"我说："嫂子，没事。我们上山下乡，头等大事是要过好劳动关和生活关，就得学习贫下中农艰苦奋斗、吃苦耐劳、永不服输的精神。""恁是文化人，恁为咱十里八村的老百姓演个革命样板戏，俺还不该让恁熨熨帖帖地吃上俺滚的煎饼和办的热乎饭？"当时现进大哥是大村会计，他父亲是大村保管，这看起来不合规矩，但乡亲们信得过这爷俩儿。嫂子吃苦耐劳，是持家的好手。"你别陪我熬眼了，快回屋休息吧，明早上再说。"

我一觉醒来，窗外已泛白。我一骨碌起床跑上锅屋，只见嫂子正在烟熏火燎地滚煎饼，箩筐中有了上百张新煎饼，"嫂子，咱不是说好你教我的！"心急之下，我的眼泪禁不住流了下来。"你瞅瞅这团子面糊是专门留给你的，你先尝尝这新煎饼啥味道。"接着嫂子手把手地教起我来。她告诉我："抓起那团面糊，鏊子热了，就麻溜地将面糊在鏊子上滚起来。""这鏊子底的火要匀，火烧得太猛煎饼也容易煳。"我模仿嫂子的动作和速度将面糊掇到鏊子上，沿逆时针方向往前滚，谁知那面糊就像被摔散的烂泥一样，不但滚动不起来，而且还粘在了鏊子上！面糊烫手，煳味已扑鼻而来。嫂子边拉起我，边撤出鏊子底下的柴草，"他姑，没烫着手吧？快去洗洗脸和手，学什么也不能一口就吃成个胖子，隔行如隔山，慢慢来！"看上去很简单的活儿，学起来咋就那么难呢？后来，又经过几次实践，我慢慢学会沂蒙山区用鏊子滚煎饼的办法。

那段知青岁月让我念念不忘，嫂子那聪慧、淳朴的形象和忙碌的身影一直印在我脑海里！

深情怀念我大娘

厉彦青，我二叔家弟弟

初冬时节，我知道我大哥要为我大娘出书的事，我虽然文字功底有限，但还是回忆我大娘生前的生活点滴和片段，以表达哀思和感激。

　　叔嫂情，妯娌爱，困苦艰难中相互帮持关爱，诠释了人世间的大爱无疆。父亲在我面前经常聊起他们兄弟姊妹四个：两个姑姑，父亲和我大爷相处的往事。听父亲说，奶奶在他很小的时候就去世了。大爷比我父亲大 9 岁，大爷结婚后我父亲与两个姑姑和爷爷拖老带幼地跟大爷大娘生活在一起。在那个物资匮乏的年代，我的大娘不仅要照顾未成年的兄弟姊妹，还要抚养多个孩子。在我的记忆中，父亲每每吃完晚饭后，都要习惯性地去大娘家坐会儿，陪着大爷大娘拉拉家常话。大娘知道父亲每晚必到，如有好吃的大娘就会单独给我父亲留着。平日里我去大娘家，她总是往我手里塞一些好吃的糖果和点心。在困苦生活中，我的父亲与大娘建立了深厚的叔嫂情感。有一年彦林大哥接大爷大娘去省城过春节，听说大娘为惦记在老家的父亲还抹眼泪呢。大娘虽然远在省城，依然还惦记父亲和我们一家。因为父亲从小被大娘一手带大，他们叔嫂从未离开过。由此可见，老嫂比母在这里得到诠释和升华。听我母亲讲，她和我的大娘妯娌俩从没有红过脸，也没吵过嘴，这种情况在农村是比较罕见的。生活中居家过日子，哪有不盆碗碰锅沿的，但她们的的确确就没有碰过，堪称"奇迹"。为此我很诧异，我曾经问过我的母亲，你们是怎么做到如此相处的。母亲语重心长地告诉我，你大娘心地善良，没有坏心眼，从不计较个人得失。除了逢年过节，平常生活中也没少吃喝你大娘送的东西。大娘腿脚不好，但是她还是会经常挂着拐棍，迈着蹒跚的脚步到我家找我母亲聊天，共叙妯娌情。在逢年过节时，大娘都会喊我母亲过去，把不舍得吃的鸡鸭鱼肉蛋等好吃的东西，让我母亲拿回家。更特意叮嘱我母亲："给他叔多吃点，看他瘦得那个样。"母亲开玩笑说："给的好东西您兄弟没少吃，他就那个膘。"

我眼中的大娘，宛若心地善良的慈母。记得有一年我的父母来到临沂为我照顾年幼的儿子，时间长了父亲母亲就想大爷大娘，于是到周末我就陪父母一起返回老家一趟。回家后我们也没开伙，就直接到大娘家找饭吃。正巧遇上大娘炒好了菜，见我们到来既高兴又惊喜，彼此问候着。看我带着儿子，一伸手就爱抚地抱过去，又急着去给我们添加饭菜。那种温馨的情景，至今历历在目，难以忘怀。大娘在欢快的交谈中，满是离别后想念和惦记我父母的话题。在大娘家吃完饭回家的路上，母亲笑问我是否吃得饱。我脱口而出，我在大娘家不认生，就像在自己家一样，我拍着肚子说"吃得饱饱的"。父亲和母亲同时都欣慰地笑了。家族中我是同辈中年龄最小的，在众哥哥姐姐们的关心下无忧无虑地成长，在他们面前一直感觉自己还没长大。日常工作生活中，我有些事情有拿不定主意时，总会去征求大爷大娘和哥哥姐姐们的意见，听听他们有什么好的建议，这样我就比较踏实，心里有底。每次回老家，大娘不仅对我嘘寒问暖，解惑释疑，解开我心中郁闷的疙瘩，而且还一再叮嘱我一定要遵纪守法，干好本职工作，并要求我像我大爷一样，干了一辈子大队会计从没出现过差错。大娘除了善解人意以外，还是做思想工作的行家里手。她那暖心的话语，总让我在逆境中云开见日，茅塞顿开，更让我鼓起勇气，扬起风帆，增添了前行的动力。

时光飞逝，转瞬间大娘已经离开我们多年了。每逢和父母谈起大娘时，说到动情处父母总是流泪。恍惚中看见大娘仍拄着拐杖站在门前，依然在遥望和等待着归家的孩子们。

忆我的奶奶

厉桦楠

家庭，不仅是身体的住处，更是心灵的寄托处。

家风，是一个家庭的精神内核。家风好，就能家道兴盛、和顺美满。

家人，是最好的老师。

我庆幸生活在一个和顺美满的家庭，一个有我奶奶的家庭。

奶奶不是这个家庭最有文化的人，却是最不可替代的家庭核心，也是几代人这个大家族的核心。可以说，没有她，就没有这个和顺美满的家庭。

奶奶离开我们10年了，这抹痛，始终没有随着时间的推移而消弭。我真实的想法，其实有这种永远无法摆脱的精神羁绊，也是一种幸福。

奶奶是个普通平常的沂蒙妇女，她不像我们这一代人运气那么好，出生并成长在欣欣向荣的新中国，有着良好的教育、生活条件和社会环境。她出生在上世纪三十年代那个外敌入侵、水深火热的年代，经历过我们无法想象的艰难困苦。回忆奶奶的一生，如果可以用一句话总结，我认为是不断向命运抗争，从不向命运低头，尽自己最大努力，馨其所有，守护身边亲人的一生。

奶奶是一个坚强、有坚定信念的人。

每个人都有自己的幸运或不幸。或许是她太勤劳，付出了太多，承担了太多，最终让她疾病缠身。她们那个年代的女性，并不懂得保养自己的身体，甚至连爱惜都做不到。祖父辈们说，她是个十分勤劳的人，甚至在生育后根本没有坐月子一说，几天后就下地干活了。身体的提前透支，导致她年龄大后患有各种疾病，比如风湿性关节炎。不坐轮椅的时候，奶奶基本需要拄拐杖才能起身、走路。即使这样，她依然是一个永远也闲不住的人。奶奶离开我们的前一年，我们一家带爷爷奶奶去了北京，看了看天安门，逛了逛颐和园，这可能是他们那一代人最朴素的愿望了吧。记得颐和园的路并不平坦，是凹凸的石板路，推轮椅并不是一件轻松的事，但是我洒的每一滴汗水都是幸福的，我只恨自己能为奶奶做的事太少。每次有亲人回老家，她都会将她在自家地里种的各种蔬菜塞满大家的车。我曾一度抱怨过为何每次从老家走都要把车塞得满满的，恨不得坐在车里的人身上都得挂着各种蔬菜，几个小时的车程让人很不舒服。那时的我却从没想到这些东西是如何生长出来的，它又是如何搬到车上去的。每次亲人们回家，从老家离开的时候，奶奶都会拄着拐杖，努力用她最大努力的最快速度站到大街上，目送大家到视线所不及。奶奶对亲情的留恋远远超越了她身体的疼痛。

奶奶最终走的原因，是脑血栓。脑血栓病人的身体，自己是难以掌控的。印象中最后奶奶瘫在病床上，吞咽很困难，喂药的时候需要把嘴撬开才能吃。记得有一次我姑姑喂药没有喂进去，着急的我把手指头塞到奶奶的牙缝间。其实我是在赌气，我想用我的手指卡出一点空间来。让我很惊奇的是，奶奶在奋力张嘴，我能清晰感觉到她用尽了自己最大的努力，只为了不咬疼我。很遗憾，父辈们拿出了所有的积蓄，奶奶在 ICU 住了一百多天后，还是离我们而去了。

奶奶教给我，不论什么困难，都要坚强，都要有信念。即使身处绝境，也不能放弃，因为我们还有我们所珍视的那些人，我们爱的，和爱我们的亲人。

奶奶是一个简朴又大方的人。

奶奶是生活在那个年代的普通农民，自然勤俭节约，所谓"新三年，旧三年，缝缝补补又三年"已经是好日子了。之所以还想说奶奶的节俭，是因为她的节俭，是对自己的极其节约，对亲人却是罄其所有的付出。

奶奶从不铺张浪费。小时候，爷爷奶奶上地干活会带着我一起，他们干活，我坐在那吃东西。当时的我还卷不好煎饼，里面卷的吃的总是会掉出来一些。奶奶一面告诉我吃的东西掉到地上就不要吃了，不卫生，一面又会把我掉到地上的东西捡起来，吹一吹上面的土自己吃掉。我上小学的时候，奶奶每年开春都会养上几十只小雏鸡，精心饲养，在我暑假期间一天宰一只给我吃，她自己却从来不舍得吃。我到现在一直有不浪费粮食的习惯，吃多少盛多少，不会浪费哪怕一粒米。

后来生活越来越好，物质越来越丰富，可是逢年过节，奶奶还是习惯把最好的东西留给家人，自己舍不得吃用。每当快到家人团聚的节日前，奶奶就会把一些好吃的东西攒起来，等到家人到齐再吃，自己和爷爷并不舍得吃。很多食物的保质期并不好把握，尤其是夏天，经常是我们回到老家了，食物也坏掉了。我曾善意劝说，食品放时间长了就坏掉了，希望她能早吃，却是劝说无果。我曾一度很不明白，这怎么会是从不浪费的奶奶的选择。现在，我慢慢地懂了，即使是东西坏掉了，那也是她的一份心意，也是她与家人分享的期待。

奶奶的节俭完全不是小气，不是抠门，而是计划着花钱，计划着过日子，对自己却有些严苛，对他人大方，一心只想着亲人，力所能及地帮助乡邻。奶奶教育我，要珍惜当下、心怀感恩，与人为善，热情地拥抱生活。

奶奶文化水平不高，却是有大智慧的人。临沂地区是老革命根据地，但也不够完美，比如在我小时候，还一度盛行女性不上桌吃饭等重男轻女的陋习。奶奶自己没上过学，但她知道识字重要，努力地创造条件，让我的父辈们走出穷山沟，有更多的人生选择，过上更好的生活。对我父亲如此，对我的叔姑亦如此。

奶奶努力让我们家远离各种陋习。生活中，她对儿子、女儿都一样，对孙子、外孙也都一样；对儿媳妇和自家女儿一样，只会更好；对女婿和自家儿子一样，只会更好。我的母亲和三个姑父，都深深感受到这一点。她（他）们对我奶奶一点都不比对他们自己的亲生父母差。这让我们家过年比一般家庭更开心幸福。虽说每个人都有了自己的小家庭，但是在老家"初二回娘家"的习俗，被父辈们默默优化为三个姑姑"初三回娘家"，我母亲推延到"初四回娘家"，让我们家每年聚在一起过春节的日子至少长了一天。

我小时候知道奶奶不识字时，很天真地在那教她我认识的那几个字，甚至是"一、二、三"怎么写。她怎么可能不知道，但是她不仅没有生气，而且好像非常享受般地认真听，认真看着我"表演"。这一幕深深影响着我，现在我们家最经常当"老师"的人，是我还未上小学的女儿。

奶奶从小就喜欢给我讲共产党打鬼子的故事，教育我要爱党爱国，感恩生活，宽厚待人。只要是亲人，奶奶就会无条件地支持，甚至好似自己没有情绪一般。她其实是个是非分明、疾恶如仇的人，却从来不把负面的情绪传导给晚辈。

我曾以为世界上没有一样东西可取代毅力。才干不可以，怀才不遇者比比皆是，一事无成的天才很普遍；教育也不可以，世界上充满了学而无用的人。只有毅力和决心才无往不利。在这层逻辑之上，奶奶的言行让我悟出，选择比努力更重要，认知比勤奋更重要。人的一生，就是要不断地对抗自己的认知局限，认知越高，看事情就越客观，可以透过现象看到本质，可以遵从事物的本质规律，从而取得成功。

这篇短文，是我久久不敢落笔的情况下写的，是在我姑父、大姑、父亲先后催促的情况下写的，也是所有家庭成员中写得比较晚的。只因，无论我怎么写，无论我改多少遍，即使我写十年，这也不会是一篇令我满意的文章。千言万语，无法展现奶奶在我心中的形象；再华丽的辞藻，也无法表达我对奶奶的赞美；岁月再悠长，也不会淡化我对奶奶的思念和感恩。奶奶是我最敬重之人，最爱之人，最怀念之人，影响我最深的人。

奶奶教会我，人生的轨迹不一定会按你喜欢的方式运行，但要有平淡的心境，可拿得起，可放得下，得之不喜，失之不悲，挫前不慌，败后不馁。

奶奶教会我该去做怎样的人，不因一时一事而泯灭良知，不因拮据而失去善心，不因衰老而渐渐薄情。

奶奶教会我什么是爱，什么是守护，什么是倾尽所有的付出，什么是没有任何条件的爱。

在此一并悼念和奶奶相隔月余去世的爷爷，你们在我心里是一个整体，无法分割。人与人的联系，有很多种，相依相伴自然是最美好的。我相信，只要我们从未忘记，也就不曾有过分离。

感恩时代，感恩人生，感恩我亲爱的奶奶！

疼我的姥姥

马昊楠

我的姥姥是一个很慈祥、很细心、很坚韧、很善良的老人。

小的时候，我最开心的事就是回姥姥家，能吃好吃的，玩好玩的。每次回去，如果姥姥家锁着门，我便是去街口或田间寻觅姥姥、姥爷的身影。

刨花生、掰玉米、割韭菜、摘辣椒等农活姥姥总是轻车熟路。小时候我腿脚轻快，也有蛮力气，是姥姥最顺手的勤务兵，时不时地被安排推小车、找簸箕、挎提篮，送收获的农产品回家。有时让我赶一群鸭子到野外觅食。

夏天，大家会在门口或平屋顶乘凉闲聊，姥姥就会拿着一个大蒲扇，替我扇风，驱赶蚊虫，然后给我讲从前的老故事。

　　都说"疼外甥，不如疼个破盖顶"，但姥姥对我们几个外甥却疼爱有加。有好吃的好喝的自己不舍得吃，给我们留着。每次回去，姥姥必定做上七八个菜，犒劳我们，但姥姥从不上桌，在旁边十分满足地看着我们吃。本来吃饱了，姥姥又给盛上一勺子。一个劲地督促再吃点，唯恐我们缺着肚子，而她自己吃的却是简简单单。当时小，感觉不到姥姥对我们的好，现在想来，姥姥把爱心系在我们这些孩子身上。

　　还有一次，我和二姨家的志远哥没跟家里打招呼，就偷偷跑去西山他奶奶家。姥姥发现我们不见了，到处找也没找到。这下可把姥姥急坏了，既担心又害怕。因为离村不远处，有个水库，以前发生过小孩被淹的事情。于是姥姥就动用了村里的大喇叭广播。听到后，我们立刻被从西山送回来了。姥姥看到我们时，又喜又气，拄着拐棍抹着眼泪说要打我们一顿，最后也没舍得。

　　每次离开姥姥家，姥姥总是大包小包地让我们捎东西。蔬菜每回是必有的，另外姥姥把平常自己不舍得吃、不舍得喝、不舍得用的都给我们带上。还有各种炒菜、烙饼也硬要我们带回去。姥姥的手艺很好，无论是炒菜、烙饼、包水饺还是炖菜，都是色香味俱全。印象深刻的就是姥姥烙的肉饼，一口下去满满的肉，酥脆可口，满口流油，幸福满满。

　　姥姥乐观向上，忙里忙外，待人接物更得体。虽然没读过书，但心灵手巧，很多东西一学就会，丝毫不亚于读书人。记得姥姥最钟爱电视剧《西游记》，她还津津有味地讲给我听。逢年过节，姥姥总会早早备好礼品，让我们小孩子跑腿，送这家、去那家，带去节日的问候。

姥姥已经离开我们多年，每当仰望星空时，总会看到有颗明亮的星在不停闪烁，或许那就是让我魂牵梦萦、一生挚爱的姥姥吧。

我记忆中的姥姥

宋倩倩

我记忆中的姥姥总是梳着齐耳短发，笑起来眼睛会眯成一条线，喜欢拄着拐杖，带着一只小狗，在黄昏的阳光下散步，背影摇摇晃晃，符合印象中人们对慈祥老人的全部美好描绘。

每个周六我们一家人都回姥姥家。汽车拐进小巷，就会看到一头银发的姥姥在阳光下坐在小马扎上正不停地张望，一望见我们，就立刻露出笑容。每逢过节过年，大舅、二姨、小姨都会带着家人一起回姥姥家。他们带着满满的蔬菜瓜果、丰盛美味的食物。大人们在外面说话，我们几个小孩子挤在小门房里看电视，姥姥总是轻轻地推开门，给我们送上各种好吃的零食和水果。这些都是她平常认为十分好吃而不舍得吃攒下来的。

姥姥是一个细腻又热心的人，院子里各种花儿，被她侍弄得生机勃勃。有一次我假期陪姥姥，姥姥教会了我几道简单的炒菜，一边细细地开导我对于生活中琐事的不解。姥姥能听懂我所有的欲言又止，让我不安的心情变得平静祥和起来。家里来客人，姥姥总是带着妈妈和两个姨忙里忙外，把最好的饭菜端给客人，她却从不上桌。过年时，家里众多亲戚走动，姥姥精打细算，人情往来不出一点差错。

听妈妈讲，姥姥年轻的时候一人操持家务，吃尽苦头，却从未抱怨，拉扯妈妈他们几个孩子长大。虽然没有念过书，但有对生活通透豁达的智慧，引领孩子们长大，学会笑对人生。

我的记忆中仍然有着这样一幅幅画面：院子中，姥姥坐在椅子上，妈妈拿着剪刀为姥姥细心地修剪发丝，姥姥的脸上洋溢着幸福的笑容；新年伊始，姥姥穿着孩子们买的新衣裳，大家一起欢快地拍全家福，和乐融融的美好画面，让我难以忘怀……

在姥姥爱的温暖中长大

宋瑞智

听爸爸妈妈说，我很小的时候老是爱哭闹。妈妈实在照顾不了，无奈就带我到姥姥家去住些日子。于是每到晚上，姥姥和妈妈就起来抱着哄我，甚至用床单悠荡着我，想尽办法让我入睡。可是事与愿违，半夜里我还是哭个不停。为此我在这小山村里也算出了名，有的老人都说照看我这一个孩子比别人照看十个还累！

姥姥心地善良，善待他人，也让我记忆尤深和感佩。姥姥宁可委屈自己，却对别人特别大方。记得姥姥家老屋翻新，自己平时不舍得吃也不舍得喝，总把好酒好菜留给建筑工人们吃。有时候菜不够吃，自己就喝点菜汤，吃个煎饼也就对付过去了。姥姥是个非常和善的人，她经常无怨无悔地去帮助左邻右舍。如果谁家有困难了，姥姥总是主动能帮多少就帮多少，从不图人家回报。姥姥患有高血压，也经常备一些防治感冒之类的药物。有一次邻居老奶奶患感冒了，儿女又不在家，姥姥知道后就主动拄着拐杖一瘸一拐地给她送药，还有些鸡蛋牛奶等。

姥姥对姥爷的爱一往情深，照顾无微不至，堪称我们小辈们学习的榜样。姥爷平日里喜欢喝点小酒，我亲眼看见姥姥把好吃的菜用筷子夹给姥爷吃。我印象最深的是吃螃蟹的时候，姥姥总吃个小的，而把个大的、肉稍多的螃蟹塞给姥爷。姥爷当着我们的面也是不好意思吃，在我的劝说下，姥爷才欣然接受了姥姥这份充满爱的"馈赠"。

每次回姥姥家，就是我改善生活的时候。姥姥有好东西从来不舍得自己吃，总给我们孩子们留着。由于我从小抵抗力弱，吃饭时爱挑食。姥姥就有意看着我、逼我多吃饭，或者端起碗喂我，还摸着我的头鼓励我："好外甥，真懂事。"就在我徜徉在姥姥的关爱中时，姥姥却猛然病倒了，肢体不能动，还失去语言功能。我焦急万分，因正在读大学，也爱莫能助。假期里，我到医院帮忙照看姥姥。为了锻炼姥姥语言功能，有一次我有意逗姥姥说："我小时候，你没有照看过我！"姥姥急了，皱着眉头憋了半天从嘴里蹦出两个字"看了"，我和妈妈赶紧说："看过，哭时还哄过！"姥姥舒展开眉头笑了。那天大舅回来看姥姥，看到姥姥异常激动。大舅坐在姥姥床边时，姥姥就努力地抬起手去摸大舅穿的衣服，含糊不清地哼了几句，分明是关心大舅穿得暖不暖和。

姥姥病情恶化，永远地离开了我们。姥姥生前拄着拐蹒跚前行的身影和对我们无微不至的疼爱，一幕幕浮现在我的眼前。您那个既爱哭而又淘气的外甥已经长大啦！

姥姥那一双温暖的手

张一帆

姥姥是地地道道的沂蒙山母亲形象，质朴、踏实、淳厚像是她与生俱来的标签。每每在城市的快节奏中歇息片刻，脑海中总会想起姥姥的那双手，有力且温柔。

　　小时候的印象里，回姥姥家的路途是遥远的。为了节省时间，我总是喜欢窝在车的后排，睡上一觉，一睁眼便能回到那个静谧的小山村。那里没有车水马龙，没有街边喧闹的叫卖声，有的只是农人干完农活后，聚在一起的寒暄。

　　姥姥家最忙的时候，就是我们几大家子人回去。姥爷会热上一壶好酒，为归来的游子，拭去心中的浮尘。姥姥则忙前忙后，想把这天底下最好的东西都一股脑儿塞给我们。两位老人虽都不善言辞，但从他们的眼神里，我能看到，那是欣喜，那是关爱。

　　我是家里最小的孩子，万千宠爱集于一身。每次回到姥姥家，她总会用手轻轻地抚摸着我的后脑勺，就像是在比量一下我又长高了多少似的。渐渐地，我长高了，姥姥却越来越矮。有时我在门前嬉戏玩耍，姥姥会朝着我招招手，我会立刻冲进她温暖的怀抱。姥姥那双手就像是百宝匣一般，会塞给我许多吃的、喝的。这一双无所不能的手，我总能摸到几块凸起的茧、布满手心的痕。那是爱之山、岁之河，那双手历经人间疾苦、尝尽人生冷暖，有力且温暖。

　　姥姥有腿疾，两腿变形得厉害，经常挂着拐杖，但每次门前响起汽车声，姥姥总会匆匆忙忙地赶到门口，看看是哪家儿女回来了。那一刻，她仿佛忘却了腿上的痛楚，她盼望的心已经飞出门外，拥抱了她的儿女们。

　　姥姥和姥爷去世后，我的怀念之情常难平，每遇结伴老者，都会思念良久。古有孟宗哭竹生笋的典故，而在姥姥和姥爷合葬的坟前，也伴生出两个甜瓜。姥姥长存慈爱之心，养育之恩大过于天，对每一个儿女都是疼爱有加。我想，这一定是姥姥的双手，还想再扶我们一程。

下卷　母爱无疆

沂蒙红嫂

　　母亲是牺牲和奉献的代名词。天下无数母亲，我们记不住她们的模样、没人知道她们的名字。回顾党的光辉历史，人们自然想起著名的沂蒙革命根据地，就情不自禁地哼起《沂蒙山小调》《谁不说俺家乡好》等优美歌曲，就回忆起"续一把蒙山柴炉火更旺，添一瓢沂河水情深意长"的战争岁月，就会追忆起成千上万名"沂蒙红嫂"那感人肺腑、可歌可泣的动人事迹……

乳汁救伤员和八路娃

　　我们看过的电影或戏剧等文艺作品中的"红嫂"，大都是以沂南县的明德英大娘为原型的。那是1941年冬，穷凶极恶的日寇进行大扫荡，山东纵队司令部所在地马牧池村被日军包围，突围的战斗一直打到第二天上午。一位八路军战士掩护首长们和机关撤退后，穿着被战火烧焦的衣服，冲出包围圈，跌跌撞撞地跑到村西的王家河岸上，不料被日军发现。这位战士的右臂和左肩先后中弹，他强忍着伤痛在坟茔、石碑和树木中间机智地与敌人周旋。这时又聋又哑的明德英大娘，正抱着不满周岁的孩子在团瓢屋（沂蒙山区一种圆形的遮风挡雨的房子，其实是个墓穴）前。她从战士那穿着、气喘吁吁的表情和满身的血渍上明白了一切，赶忙抱着孩子迎上去，抓住战士的胳膊就往屋里拉，用力把他按倒在床上，蒙上一床破烂不堪的被子。这时两个日本兵已经来到矮得低下头也难以进来的屋门前。

　　明德英沉着地让日本兵坐下。鬼子发现她是哑巴，就比画着战士的身高、打扮，问跑到哪里去了？明德英毫不犹豫地朝西山指了指，骗走了敌人。她掩上门，揭开被子一看，大吃一惊，这位嘴唇干裂的战士由于流血太多，已昏过去了。生命垂危，口里还喊着"水，水……"怎么办，怎么办？找人来不及！烧水来不及！情急之下，她轻轻解开衣襟……那喂养孩子的乳汁，那世间最甘甜、最珍贵、最圣洁的乳汁，饱蘸着浓浓的深情，一滴，一滴，流进战士干涸的喉咙。在沂蒙山区这偏僻落后的山乡农村，妇女受传统封建思想影响更为严重，能在危急时刻毅然决然用乳汁救助非亲非故的成年男人，让人难以置信。这需要多大的勇气和什么样的境界情怀呀！战士走出死亡线，慢慢睁开了眼睛，泪

沂蒙红嫂明德英小院

水不知不觉涌出了眼眶……后来明德英和她丈夫李开田罄其所有，精心照料这位八路战士半个多月，使其伤愈重返前线，这便是红嫂"乳汁救伤员"的故事原型。

这就是一位母亲，一位最普通又最伟大的母亲；这就是沂蒙红嫂，千千万万沂蒙妇女的杰出代表。"红嫂"用圣洁的乳汁抢救了战士的生命，挽救了革命的火种和希望，用她们的血和泪、爱与恨，弹奏出爱党爱军、撼人心魄的精彩乐章……

沂蒙山区是山东建党最早的地区之一，这里有大小山头七千多座，山峦起伏，地形复杂，交通不便，相对封闭，是反动统治比较薄弱的地方。抗日战争时期这里是著名的革命根据地，是当时山东以及华东地区党、政、军机关和主力部队的所在地，刘少奇、罗荣桓、陈毅、徐向前等老一辈无产阶级革命家都在这里战斗过，曾被誉为"小延安"。因而，也一度成为日寇的眼中钉、肉中刺，遭受着残酷的镇压和屠杀。共产党救百姓于水火，人民对党一往情深，不惜牺牲自己的一切。饱受封建压迫和日寇奴役的沂蒙姐妹，像明德英大娘这样，与亲人一道，英勇顽强，坚持斗争，谱写了动人的篇章，创造了不朽的功勋。

一位位大嫂用生命掩护烈士的子女、革命的后代，有的甚至不惜献出了自己孩子的生命。在日寇疯狂扫荡的年月里，王换于大娘精心安排和照料，安全掩护了 27 位首长和烈士的孩子，被尊称为"沂蒙母亲"。当年，她把烈士刘仁铁的遗孤，抱给了孩子刚几个月的二儿媳妇张淑贞，嘱咐说："你上心把这个孩子拉扯着吧。这是烈士的后代，让他吃怀里的奶，让咱的孩子吃些粗的。咱的孩子磕打死了，你还能再生，烈士的孩子有个三长两短，可就断了根啦。"二儿媳妇没辜负娘和沂蒙人民的厚望，精心照料烈士的孩子，自己亲生的两个孩子却先后夭折。王换于大娘和二儿媳妇，抚摸着自家面黄肌瘦已经死去的孩子，痛苦不已，心如刀割，泪水落在孩子冰冷的脸上，打湿了衣襟，也打湿了脚下的土地，但是看看长得壮壮实实的烈士遗孤，心里又宽慰了许多。

1942 年 5 月，小麦刚刚抽穗扬花，鬼子又发动了大扫荡。一天，县妇救会长王炎同志匆匆来到了沂水县宅棵子村张志桂大嫂的家，进门就说："大嫂，咱八路军有个团长，女儿刚三个月。孩子的母亲在八路军医院工作，身体不好，没有奶水。最近，鬼子又大扫荡，部队打游击，医院天天转移，如果再找不到奶水喂养，孩子生命就有危险了。我考虑再三，送给你收养最合适。"婆婆听后忧虑地望着儿媳，丈夫心里也犯犹豫，都担心有个三长两短，不好交代。张志桂却说："人家八路军是给咱穷人打天下才出生入死的，咱帮着奶个孩子，应该！再苦再累我不怕，只要孩子的父母放心就行。"没两天，王炎送来了那个叫鲁生的孩子。张志桂一看，那孩子面黄肌瘦，小胳膊像干细的木柴棒，两只小眼睛无神地看着陌生人。当把奶头送进她嘴里，她眼睛不睁，却拼命地吮吸奶水，噎得直打呛。两个孩子都很小，都需要喂奶，常常因为都吃不饱，双双啼哭。张志桂就跟丈夫商量说："鲁生这孩子身子弱，既然咱答应了人家，就一定给喂养好。咱的孩子虽说刚满月，可是壮实，就委屈委屈咱的孩子，让她跟大人吃点粗粮吧。"秋天，小鲁生快满周岁了，不但会叫爹、娘了，还开始蹒跚学步了。她自己的孩子却因断奶过早，体弱消瘦，抵抗力差，来到世上刚刚七个月就不幸夭折了。孩子早已停止了呼吸，可是，张志桂还是长时间紧紧地抱在怀里。她小心地把奶头放进那紧闭着、永远也不能再吸奶的小嘴里，泣不成声地说："孩子，我的好孩子，再看娘一眼，再喝最后一口奶吧，是娘对不住你呀！"四年的艰苦岁月熬过来了，壮壮实实的小鲁生终于回到了亲爹亲娘的身旁。1963 年，年仅 51 岁的张志桂一病不起。在离开人世前，她还自言自语地说："鲁生那孩子今年 22 了，她要是来了，让她无论如何到我的坟前看看，娘想她呀……"

母送子、妻送郎参军参战

"母送子、妻送郎，识字班送兄上战场，保国家、保家乡，穷人饭碗有保障……"这歌词，是沂蒙妇女蘸着炮火和血泪，用自己的实际行动谱写创作的。

王步荣大娘 34 岁时，丈夫不幸病故，自己披星戴月，抚养着五个未成年的孩子。她这位苦大仇深、历经磨难的普通妇女，深知穷人只有起来革命才能翻身得解放的道理，1938 年就光荣地加入共产党，从此她的家成了党的秘密联络点。在战争最艰苦的时期，她毅然把三个儿子和唯一的女儿送往前线。1944 年，她成了妇救会长，由于伤亡大，部队又开展了大规模的征兵运动。王步荣大娘辗转反侧，一夜未眠，天刚亮，就把平日里从不舍得吃的一碗荷包鸡蛋轻轻端到儿子面前。儿子一看就猜到了一切，含着眼泪说："娘，你是让我参军吧？你这么大年纪了，并且只有我在身边，我要是去了，你要有个三长两短怎么办？"王步荣大娘理解儿子的心情，拍了拍他的肩膀说："孩子，部队更需要你，娘……你就放心吧。谁没有老人，谁没有妻子，在这个节骨眼儿上，咱不能当孬包，不能后退。你报了名，咱村的工作就好做了。"

俗话说："儿是娘的心头肉。""十指连心，咬咬哪个都一样疼。"王步荣大娘嘴里说不难过，可眼泪却骨碌骨碌地流出来。就这样，她做通儿子、儿媳的工作，又和姑娘们扭着秧歌，唱着自己编的歌词，动员青壮年参军参战。在她的鼓励和影响下，这个才300来人的小村，一次就有40多名青壮年参了军。

那个年代，敌我力量悬殊。沂蒙妇女有的按照党的指示，担任伪村长，或以其他身份作掩护，秘密传递情报；有的乔装打扮，深入日军巢穴，摸敌情，施巧计，巧夺敌人的枪支弹药。平邑县的裴兰贞大娘，是我党的地下情报联络员。当时，日本鬼子五里一个炮楼，十里一条封锁线，岗哨暗探密布，盘查非常严，做联络工作特别危险。裴大娘有时扮成讨饭的，有时扮成走亲戚的，有时扮成卖针线的，活动于方圆十几个村之间，把敌人的情况摸得一清二楚。1942年一天夜里，裴大娘刚刚睡下，忽然听到"咚咚"的敲门声，原来是邻区的联络员送来了一封信，要求天亮前送到县大队。裴大娘一看，这封信插着三根火柴和一根鸡毛，那意思是"十万火急"。路上要走15里山路，还必须经过敌人的一个炮楼。她二话没说就把信缝在了裹脚布里，提上一个破篮子，放上几块碎煎饼，手拿一根木棍上路了。天黑得伸手不见五指，根本看不清路，她一脚深一脚浅、磕磕绊绊地走到炮楼前。"站住，干什么的？"两个汉奸端着枪盘问起来。"要饭的。""为什么这么晚才回来？我看你是骗人！""哎呀，俺娘几天没吃东西啦，再晚了就饿死了，我哪能骗老总呀。"裴大娘一边说一边哭，刚要走，突然一个家伙转过身说："是不是八路的交通员？搜！"说完，他们又翻篮子，又搜身。裴大娘机智地把鞋一脱，举到一个汉奸的脸上。那个汉奸赶忙用手捂着鼻子，骂道："臭娘们，快滚。"就这样，裴大娘终于在拂晓前把鸡毛信送到了目的地。原来，日寇纠集了几千人进行大扫荡，由于这封信送得及时，县大队按区委指示，安全撤出了敌人包围圈。

凶残的日军经常丧心病狂地逮捕和杀害我抗日军民和地下共产党员。在这种十分恶劣和残酷的形势下，一大批沂蒙妇女巧妙地与敌人周旋、斗争，保护了大批党的干部和战士，掩护了很多机械设备、弹药粮食和秘密文件。有的人不幸被捕，在敌人的严刑拷打下，视死如归，坚贞不屈，甚至献出了自己的生命。1944年，沂源县董粗河沟村的妇救会长李树兰和儿媳郑树英、赵树兰，同时在鲜红的党旗下，举手宣誓光荣地加入了共产党，并组成了一个党小组。从此，李树兰家的"亲戚"多了，"表叔""表大爷"多了，区上的干部、区中队的战士，时常在这里落脚。她家就在村头，门前有个盛糠的圆仓，屋后是一条沟，直通后山。

她们娘仨就轮流在圆仓上放哨，一有什么动静，拍打一下鞋底，或打一声呼哨，自己的同志就从后山安全转移了。

那一年，她们家收养了三位伤病员，为了安全，就藏在了屋后的山洞里，两个儿媳妇以剜菜、打柴为掩护，每天轮流进山给伤病员送水、送饭、送药。一天黄昏，汉奸头子带领一部分人把她们婆媳三人抓到了场院的土坑前。"老东西，你儿子是共产党，你是共产党，你两个儿媳妇是共产党，你一家全是共产党，快把伤员交出来，要不把你们活埋了。"李树兰大娘说："俺这一家子，都是老老实实的庄稼人，虽说和共产党沾不上边，却也与汉奸不一条道。还是那句话，要老命有一条，伤员没见过。"敌人气极了，"哗啦"推上了子弹，枪口顶向了她娘仨的额头，"快说，不说就开枪了！"她们娘仨谁也不看谁，都一声不吭。敌人又把李树兰架进了土坑里，开始用铁锹填土。最后，敌人无可奈何，只好把她们放了。她们娘仨回到家，为了躲避敌人的眼睛，秘密安排乡亲们去照看伤员，一个月后，三位伤病员安全归队。

架桥支前冲在前

随着抗日形势的好转，我抗日军民逐步转入了战略反攻。广大沂蒙妇女都动员起来了，有的推磨轧碾、烙煎饼、做军鞋，有的抬担架、送军粮，有的站岗放哨、当向导、埋地雷……涌现出了一大批英雄的群体。眨眼到了 1947 年 5 月，地处孟良崮北麓汶河岸边的东坡池村一片寂静，妇救会长李桂芳领着一群妇女就地待命。下午，上级突然派联络员传达了任务："天黑之后，咱们的队伍要从大崔家庄和万粮庄之间过河。为了节约时间，让你们预先在那里架一座桥。"李桂芳曾经冒过枪林弹雨，也曾入过虎穴探险，对这架桥的任务却不知所措。她在反复琢磨，齐腰深的河水，一二十米宽的河面，5 个小时之内，又没有建桥材料，只有这些妇救会员，怎么才能架一座让队伍顺利通过的桥呢？但她深知，时间就是生命，就是胜利，容不得半点迟疑。她用焦急的目光环视姊妹们："大伙说，怎么办？"大家你一言，我一语，商量哪儿来那么多桥板？桥墩怎么办？最后诞生了一个别出心裁的计划：没有木板摘门板，没有桥墩人肩扛。然后分头准备，并事先进行了试验。

　　大约晚 9 点，华东野战军的一支队伍朝河边走来。李桂芳转身对妇女们喊道："架桥！"话音未落，妇女们就按照顺序抬起门板朝河里走去。刹那间，桥！一座人桥神速而奇迹般地出现在战士面前。看到这突兀出现的桥，战士们推辞说："不，同志，不行！让我们涉水过河吧。"李桂芳站在凉气袭人的河水中，大声喊道："同志们，时间就是胜利，快过桥！"部队首长眼含热泪，对水中的妇女们说："谢谢，谢谢啊！"然后，又朝身后的战士们大声喊道："前边，是妇女姐妹们用身体为我们搭起的桥，一定要轻踩，慢走，走中间。"战士们犹豫片刻，终于走上了这座人桥。

夜色中，虽然互相看不清面容，战士心中都明白，桥下是自己的姐妹，他们是踏着亲人的肩膀走向战场的，没有一个人说话，只是默默地、轻轻地、匆匆地从桥上走过……一分钟，两分钟……整整一个小时。一名战士，两名战士……整整一个部队。开始时，战士们知道是妇女架的人桥，跑起来很小心；后来的战士就不知道了，只知道战事吃紧，必须加快行军速度，后期架桥的妇女承受了很大的压力。战士的脚步声已经消失在炮声隆隆的前方，这32名妇女却被河水冻得周身麻木，牙齿直打战，累得瘫倒在河岸边。这32名在汶河搭建人桥的沂蒙妇女中，有的是怀着身孕的少妇，有的被冰凉的河水冻得落下终身残疾，有的从此失去生育能力。

在抗日战争年代，不仅大娘、大嫂、大姑娘和小媳妇，就连刚懂事的小姑娘也投入了战斗。1941年，侍振玉刚刚11岁，就当上村儿童团长，带领小伙伴们站岗、放哨、查路条。一个滴水成冰的早晨，她和几个儿童团员扛着梭镖、棍子在村西岔路口放哨。不一会儿，有一位成年人背着粪筐，四处张望着朝这边走来，不像个地道的庄稼人。她们就突然挡住了他的去路，"你到哪里去？"那人一愣怔，一看是一群孩子，就点头哈腰地说："我到这村里看看，不……去走亲戚。"侍振玉虽然小小年纪，但看见对方说话支支吾吾，再说走亲戚怎么能背着粪筐，就产生了怀疑，她接着又问："你的亲戚是谁？"那人慌慌张张答不出来，就被押到了村团部。经过盘问，这人原来是鬼子派来的奸细。经过反复教育，这人认了错，回去向日本鬼子报告了假情报。八路军将计就计，乘鬼子出来抢粮抓夫的时机，打了一个痛快的伏击战，打死鬼子几十人。

沂蒙山区地处齐鲁故地交界处，沂蒙妇女长期受孔孟文化熏陶，自古就有勤劳、淳朴、善良、贤惠的传统美德。上世纪二十年代初，党就在这片土地上点燃了领导穷人闹革命的火种。抗日战争全面爆发后，沂蒙妇女怀着反封建压迫、争取妇女解放的朴素感情，用诚挚纯洁的心灵、勇敢聪慧的胆识、勤劳灵巧的双手，甚至鲜血与生命，谱写了执着而深沉的爱党、爱军、爱家乡、爱亲人的"红嫂精神"。据统计，从抗日战争到后来的解放战争，沂蒙妇女共做军鞋315万双，做军衣122万件，碾米碾面11716万斤，动员参军39万人，救护伤病员6万人，掩护革命同志9.4万人。在那残酷的战争年代，有3万沂蒙母亲失去了亲爱的儿女……

岁月沧桑，地老天荒。当年的沂蒙红嫂，这些普通而又伟大的沂蒙妇女，有的在战争年代献出了宝贵的生命；有的建国后还没来得及充分享受和平安宁而幸福的生活，就因年事已高谢世；有的已步入暮年，仍然默默无闻，保持革命晚节，关注着沂蒙山区的改革和建设事业，为家乡脱贫致富贡献微薄之力。

沂蒙红嫂，沂蒙母亲，吮吸过您的乳汁、穿过您做的布鞋、吃过您碾的小米、受过您掩护的将士惦念您、崇拜您，享受着和平和幸福生活的每一位中国人佩服您、怀念您，那段苦难而又辉煌的历史将永远铭记您！您的功绩与长眠的烈士一样永垂于天地之间，您的精神与日月一样普照后世子孙建设祖国，守卫家园。

沂蒙红嫂——革命的母亲，中国的母亲！

最后一位沂蒙红嫂

　　2018年12月20日清晨，104周岁的沂蒙红嫂张淑贞在山东省沂南县马牧池乡东辛庄村家中因病逝世。这个令人悲恸的消息，很快热爆网络和微信朋友圈。沂蒙大地天寒地冻，薄雾弥漫，寒风和雪花寄托着绵绵哀思。22日上午，张淑贞同志遗体告别仪式在沂南县殡仪馆举行，社会各界人士怀着沉痛的心情，前来向老党员、老红嫂作最后的告别。时任山东省委主要领导专程前往沂南县送别，表达对张淑贞同志逝世的悼念，慰问亲属，要求向张淑贞同志学习，传承发扬好沂蒙精神。

"不能让烈士断了根"

张淑贞，女，中共党员，1914年9月13日生于沂南县马牧池乡西官庄，后嫁到东辛庄，1939年3月加入中国共产党，是百岁沂蒙红嫂、"沂蒙母亲"王换于的儿媳妇，沂蒙红嫂精神传承人于爱梅的母亲。她也是临沂市党龄最长、年龄最长的沂蒙"红嫂"。

1937年"七七事变"之后，全国掀起了抗日救亡的高潮。1938年12月，毛主席命令"派兵去山东"。1939年5月，八路军——五师按照党中央、毛主席的命令开赴沂蒙山，建立抗日根据地。1939年6月，徐向前率八路军第一纵队领导机关到达地处沂蒙山腹地的沂南县。

王换于1938年冬就加入了中国共产党，她家是著名的抗日堡垒户。王换于和儿媳妇张淑贞一起在当地党组织的协助下办起战时托儿所，先后收养了41个孩子，抚养革命后代，成为与孩子们虽没有血缘却永远的娘亲。这些孩子最大的七八岁，最小的生下来才3天，其中包括罗荣桓、陈沂的孩子。在烽火连天的抗战岁月，贫瘠的沂蒙山区缺衣少食，生活异常艰难。王换于经常教育她的儿媳们："让烈士的后代吃奶，让咱的孩子吃粗的。咱的孩子就是死了你们还能生育，烈士的孩子死了，可就断根了！""是，咱不能让烈士断了根！"为了养育好这些革命后代，张淑贞和弟媳妇把奶水让给那些年龄小、体质差的寄养孩子。战时托儿所的孩子个个健康成长，张淑贞和弟媳妇的四个孩子却因营养不良先后夭折。

婆婆王换于和张淑贞率领全家发动群众参加抗日、参军参战，发展壮大党的力量。在抗战最艰难的三年时间里，张淑贞在八个村庄发展了20多名党员，还组织群众做军鞋、缝军衣、磨军粮、烙煎饼支援前线，为山东省党、政、军领导机关服务。张淑贞和婆婆王换于不惧日本鬼子"谁敢救一个八路军，全家就得被活埋"的叫嚣，每次战斗结束都毅然奔向战场搜寻八路军伤员。张淑贞说："那时候，入了党，早已不寻思死活了。干革命就得往前跑，把自己的命放一边。"1941年10月的一天，风雨交加，气温急剧下降，八路军伤病员住在山洞里，穿着单衣，没饭吃，可敌人又没有撤退。在此紧急情况下，婆媳两人齐上阵，婆婆王换于与鬼子周旋，张淑贞去山洞给八路军送衣送饭。为避免让鬼子发现，张淑贞把8件衣服套在身上，带了些煎饼就上了山。到了山洞，她看见一位同志就脱给他一件衣服，再塞给一张煎饼，到最后，自己身上只剩下一件贴身衣服，回家时全身已被雨淋透，冻得直打哆嗦，患了一场重感冒。

张淑贞同志始终听党话、跟党走，一生追求进步，自觉践行了入党时的庄严承诺，爱党爱国爱军，充分展现出沂蒙红嫂充满母爱的大仁、大义、大爱，成为刻骨铭心的永恒。

在抗日战争和解放战争时期，沂蒙革命根据地涌现出一大批像张淑贞一样爱党拥军的红嫂，她们送子参军、送夫支前，筹军粮、缝军衣、做军鞋，舍生忘死救伤员，不遗余力抚养革命后代，铸造出水乳交融、生死与共的军民鱼水之情。据不完全统计，这期间沂蒙妇女共做军鞋 315 万双，做军衣 122 万件，碾米碾面 11716 万斤，动员参军 39 万人，救护病员 6 万人，掩护革命同志 9.4 万人。在那残酷的战争年代，有 3.1 万名沂蒙籍的战士献出了生命，这就意味着 3 万多位母亲失去了亲爱的儿女……

手攥党徽安然离世

沂南县马牧池村建起"沂蒙红嫂纪念馆"，保留着古山村风貌和历经 100 年风雨洗礼的石头屋。当地叫"干插墙""团瓢屋"，进屋需要躬身猫腰。当年曾开办战时托儿所的两间石房已不复存在，可这里铭记着大字不识的红嫂们与子弟兵血浓于水的亲情。这个纪念馆是专门为了让世人铭记红嫂事迹、传承红嫂精神打造的。

王换于被誉为红嫂精神的开创者，张淑贞被称为红嫂精神的接力者。新中国成立以后，张淑贞怀着对党的深厚感情，用革命精神教育激励和严格要求自己的子女，还带领着他们做鞋垫，鼓励孩子们做拥军的事情。这些年来，张淑贞虽然年纪大了，却从不居功自傲，不仅没有向组织提出任何要求，还严格要求子女传承优良革命传统，继续将沂蒙精神和红嫂精神发扬光大。"革命战争年代老区人民'最后一口粮做军粮，最后一块布做军装，最后一件棉袄盖在担架上，最后一个儿子送战场'，如今条件好了，日子富裕了，好作风、好家风不能丢了呀。"自己一辈子生活俭朴，一粒米都舍不得浪费，却乐意力所能及帮助村邻。家中有时有来学习考察红色文化的青年学生，只要大家想听战地托儿所的故事，她总是耐心讲解，有时一讲就是两三个钟头。"共产党带领我们翻身解放，没有党就没有现在的幸福生活，我很知足很幸福。"当问及张淑贞老人的长寿秘诀时，于爱梅介绍说："最重要的就八个字，知足满足、乐于助人。"

前不久张淑贞感觉身体不舒服，经县里医院检查，是心脏的血管有问题。住院治疗病情好转以后，19日她执意回家。回家后，看老人状态好了许多，一家人很高兴。她让女儿于爱梅帮助找出一直惦记着的那个首饰盒。首饰盒里竟然有三枚熠熠生辉的党徽。张淑贞一边擦拭着党徽，一边嘱咐于爱梅："我当了一辈子党员，马上就80年党龄啦，是党给我一切。你记着可别把我的党员'挂'（耽误）了。一定要帮助我把党费缴了。"老人过世后，于爱梅激动地说："让我最震惊、最感动的是母亲直到离世左手一直攥着一枚党徽，要求我一辈子跟党走。正因为如此，我母亲走得很平静、很安详。"这位令人敬佩的老共产党员，是在用生命擦亮党徽，把党徽置于自己的生命之上，这是要把党永远揣在自己的心窝里。毛主席在《为人民服务》一文中，为追悼延安中央警备团普通战士张思德同志，引用了司马迁《报任安书》中的千古名句："人固有一死，或轻于鸿毛，或重于泰山。"伴随我们党百年光辉历史，无数共产党人用鲜血和生命锻造起信仰的旗帜。张淑贞这位沂蒙老区的普通女共产党员，用她一生爱党爱军的大爱情怀和临终前的行动，生动诠释了融入生命与血液的忠诚，彰显出铿锵有声、视死如归的政治觉悟和至爱情怀。根据老人遗愿，于爱梅主动与沂南县委组织部联系，把张淑贞老人半年的老党员补助 3960 元作为特殊党费上交中组部。

于爱梅动情地回忆起第一天上小学时的情景。"妈妈拉着我的手嘱咐了一番：你个小妮子，一定要记着，只有在新中国，你才有机会进学堂。在以前的旧社会，闺女早早就嫁人了，一辈子也长不了见识。咱这是托了共产党、毛主席的福呀！"

张淑贞老人思想境界很高，对党赤诚，与人为善，口碑极好。乡亲们得知她逝世的消息惋惜不已。不少人聚集到张淑贞的家门口，自觉来送她最后一程。为了表达崇敬之情，21 日下午，我专程赶往沂南县马牧池乡东辛庄村悼念这位百岁红嫂，深深地鞠了三躬……

"接过母亲的'红嫂针'"

"巍巍蒙山高，亲亲沂水长，我们都是你的儿女，你是永远的爹娘。"沂蒙这片红色土地，诞生了无数可歌可泣的英雄儿女、英雄传奇。"沂蒙红嫂"就是一个英雄的女性群体，那是在战火中淬炼的真情和血性，是人类战争史上惊世骇俗的千古绝唱，在建设、改革时期和新时代依然绽放璀璨的光芒。它是纯粹的沂蒙精神符号，是党的优良传统和作风的生动实践，谱写出感天动地的荣耀与辉煌。

2013年11月25日，习近平总书记来到位于山东临沂的华东革命烈士陵园，向革命烈士纪念塔敬献花篮，参观沂蒙精神展。在展厅会见了"沂蒙母亲"王换于的孙女于爱梅等模范人物。习近平总书记连续问了于爱梅多个问题："你和'沂蒙母亲'王换于是什么关系呀？""是不是你母亲和你奶奶一起办的战时托儿所？""你现在做什么工作？"……于爱梅每每想起五年前习近平总书记这些家常似的问询，就感觉有一股暖流涌上心窝，就增添了巨大的力量，决心牢记弘扬沂蒙精神的嘱托，脚踏实地当好红嫂精神的传承者。

于爱梅在长辈的熏陶、引导下，从母亲那里接过了曾经纳过军鞋、缝过军衣的"红嫂针"，把大部分精力投入拥军优属事业，走上了拥军、宣传沂蒙精神的道路，被誉为"沂蒙新红嫂"。她说："我听着红色故事长大，家人对我耳濡目染，让我始终怀着一颗感恩的心。母亲是我的榜样。""每当遇到困难或者劳累的时候，想起前辈的言传身教，全身又充满了信心和力量。"于爱梅倡导成立了"沂蒙精神传承促进会"，自己担任会长，经常组织姐妹们到部队拥军，慰问老英模、老红嫂，给子弟兵送去拥军鞋垫 5000 多双。担任了山东省党性教育基地沂南教学点义务讲解员，自 2010 年以来，已为前来学习的党员干部群众以及应邀去外地作报告 3000 多场（次）。2017 年 11 月，南京路上好八连邀请于爱梅去作沂蒙精神的宣讲报告，她很爽快地答应了。眼看到了预约的日子，可不巧腿疼病犯了，家人都劝她暂时不要去了。她思来想去，耳畔回响起奶奶和母亲讲过的英雄故事，眼前浮现奶奶和母亲克服困难的身影。与前辈比，我这点病算什么！于是，她悄悄打上封闭针，带上止疼的针和药，按时赶到了上海。不但如约声情并茂地作了两个多小时的报告，还参观了好八连纪念馆，下连队看望了官兵。虽然病痛一直在折磨着她，当看到官兵被报告感动得落泪、热烈鼓掌时，顿时淡忘了病痛，感觉"这一趟来得值"！

出生、成长在"红嫂世家"的于爱梅对践行、传承和弘扬沂蒙精神有着崇高的追求和高度的自觉。她说："人一定要有信仰、有责任、有担当，享受和平幸福更不能忘记党的恩情。我会继续宣传弘扬以红嫂为核心元素的沂蒙精神，希望能将母亲等沂蒙红嫂群体爱党拥军、无私奉献的精神传承下去，鼓舞和激励更多的人。

"蒙山高，沂水长，我为亲人熬鸡汤；续一把蒙山柴炉火更旺，添一瓢沂河水情深意长……"电影《沂蒙颂》（原名《红嫂》）的插曲暖人肺腑，历久弥新，人们耳熟能详。张淑贞用一生诠释了爱党拥军的红嫂情怀，践行了铁骨铮铮的入党誓言；一个家庭连续有多位红嫂，代代传承着红色基因、红嫂血脉。目前，张淑贞的外孙女、于爱梅的女儿高洁已经成为红嫂精神的义务讲解员。她说："我作为红嫂的后人，新时代的青年人，会把红嫂接力棒一代代传承下去，让沂蒙精神熠熠生辉。"

胶东乳娘

长江，黄河，是中华民族的母亲河。胶东乳娘，是胶东大地上在革命战争年代用母乳哺育革命后代的母亲群体。

初秋的胶东大地山青水绿，天阔云淡，如诗若画，清爽宜人。2022 年 8 月 17 日，我再次来到位于山东威海乳山市田家村的胶东育儿所旧址。一位位乳娘的感人故事，再次撞击我的心灵，不知不觉热泪盈眶。

胶东育儿所自 1942 年成立前后十年间，300 多名胶东乳娘哺育党政军干部子女和烈士遗孤 1223 人，在日军的残酷扫荡和数次迁徙中，乳儿无一损伤。在残酷的抗战时期，出于保密需要，乳娘都是秘密抚育乳儿，乳儿又多用乳名，因而乳娘大都不知道乳儿的父母是谁。加之乳儿年龄小、没有多少记忆和档案散失等众多原因，很长一段时间乳娘的感人事迹湮没乡间，鲜有人知。

自上世纪 80 年代起，乳山市有关部门开始挖掘胶东育儿所历史，查访乳娘事迹和胶东育儿所保育员名单，梳理乳娘、乳儿线索，逐步还原历史真相，乳娘事迹、乳娘精神，光芒四射，奏响撼人心魄的大爱颂歌。

战火中，红娃呼唤娘

正如毛泽东 1938 年在《论持久战》中所预言，1941 年"这将是中国很痛苦的时期……""中国人民在这样长期和残酷的战争中间，将受到很好的锻炼"。

胶东半岛三面环海，物产富庶，自然条件得天独厚，战略位置十分重要。日本法西斯在"大东亚圣战"的战略计划中，一直把胶东作为往来于海上与华北之间的重要通道和"以战养战"的补给基地之一。尤其是 1942 年日军在太平洋战场被迫转入战略防御后，中国大陆沿海地区战略地位日益提高，胶东半岛几百里海岸线，尤为日军统帅部所重视。随着胶东抗日游击战争的蓬勃开展，八路军在重新打开牙山中心根据地以后，依靠牙山，稳步向东、西两翼发展，巩固和扩大了昆嵛山、大泽山根据地，大大改变了胶东战略局势，使胶东半岛成为一把锋利的刺刀。日军赖以运送人员、军火以及其他物资的这一重要通道和补给基地，受到重大威胁。

1942 年 11 月，日军驻华北派遣军最高司令官冈村宁次，纠集了青岛、烟台、莱阳等地的日伪军 2 万余人，对胶东抗日根据地进行了前所未有的冬季大"扫荡"。特别是冈村宁次秘密抵烟，企图用他处心积虑设计出来的空前毒辣残酷的新战术——拉网大"扫荡"，把中共胶东党政军领导机关消灭在火网之内。老百姓叫它"梳篦式"扫荡。为了彻底搜索和梳篦，他们每天只行进十几公里，白天摇旗呐喊，步步进逼，无山不搜，无村不梳，烧草堆，挖地堰，清山洞，连荒庵、寺庙也不漏过；夜间就地宿营，沿合围圈每隔三五十步，便燃起一堆野火，由五六个或十来个士兵把守，稍有动静，便鸣枪示警，只要一处枪响，便四处一起开火；如果发现突围人群，便围捕和追击。日伪军夸口说："只要进入合围圈的，天上飞的小鸟要挨三枪，地上跑的兔子要戳三刀。共产党、八路军插翅难逃。"

11 月上旬，胶东军区召开了营以上干部会议，作紧急反"扫荡"动员，研究部署反"扫荡"作战计划。会议确定了保存有生力量、保卫根据地、分散活动、分区坚持的"两保两分"作战方针。敌人要"拉网"，我们就千方百计"破网"。

日军大扫荡，"红娃"怎么办？

随着抗日战争形势的发展，胶东党政军妇女干部队伍也不断壮大。环境险恶，妇女干部的孩子无法带养，有的不得不送回敌占区老家，还有的自己送给当地老百姓带养。群众生活艰苦，缺医少药，孩子不能健康成长，而且夭折较多，这给妇女干部思想和精神上造成极大痛苦和负担。1941年11月，胶东区妇救会根据中共胶东区委指示，筹办起一处战时育儿所（即胶东医院育儿所）。1942年，抗日形势日趋严峻，育儿所搬来搬去不是个办法，必须找一个相对安全可靠稳定的地方。于是，育儿所几经辗转转移到牟海（今乳山市）、牟平、海阳三县交界处的东凤凰崖村。乳儿们分散隐匿在周边村庄的农民家中，变为乳娘的孩子，照顾起来方便，还便于保密。

1942年清明节后的一天晚上，寒气袭人。东凤凰崖村杨锡斌的妻子沙春梅，刚陪婆婆吃完晚饭，忙活完家务后，正准备上炕睡觉，突然门外传来几声轻轻的敲门声。

"谁呀？"沙春梅赶忙问了一声。

"是我，大嫂，你开开门，村长来跟你商量个事。"沙春梅听出来了，这是村妇救会长矫凤珍的声音。

"吱呀"一声，门打开了，村长杨同烈与抱着一个小孩子的矫凤珍迈进门来。

沙春梅还在惊愕之中，杨同烈就开门见山地说："是这么一回事。咱队伍上有个干部的孩子，刚出生三个月，因为她妈还在为打日本鬼子奔波，没法照顾这个孩子，想找一个奶妈帮助喂养。"

矫凤珍接着说："知道你刚生的孩子丢了，心里也正难过。

唉，这也是没有法子的事了，你也别太伤心。考虑到你可能还有奶水，希望你能帮助喂养这个孩子，替她的父母和部队分分忧，这也是为革命、为抗日作贡献。"

沙春梅一家是革命家庭，丈夫杨锡斌也在抗日队伍里。现在丈夫不在家，她也觉得接受这个任务没问题，只是担心婆婆。坐在炕上的婆婆也听明白了，双手搓了搓脸，清醒了一下头脑，便开了腔："春梅，我看行，咱们喂养八路军的孩子应该，让她的父母放心在前线打鬼子。"说话间，立即下炕双手接过了孩子。

这孩子来到家门太突然，沙春梅咧嘴幸福地笑了，立马揭开孩子包裹，在昏暗的油灯光映照下，把脸凑近这个名叫"春莲"的瘦弱小女孩。小女孩又如贴近了母亲的温暖，露出浅浅的笑容，算是认下了这位乳娘！

为什么选择东凤凰崖这个村？除了四面环山、环境隐蔽的良好地理位置，更主要的是这个村的群众基础非常好，有着光荣革命传统，1932年就有共产党的活动，1938年1月成立党支部，1938年春，山东人民抗日救国军第三军西上抗日经过这一带时，该村就建立了胶东第一个村级妇女抗日救国会。育儿所迁到该村时，村里已有十多位共产党员了。另外，中共胶东区委划定的红色政权牟海行署已于1941年3月建立，这一年3月22日，盘踞在十几里地外的崖子集的国民党顽固派苗占魁部也被消灭，附近的村子都有党的基层组织，这一带的形势已经很稳定了，所以，育儿所选择在这里再也合适不过。东凤凰崖这个不到 200 户人家的村庄可不简单，战争年代里，几乎每家每户都有人参军或当民兵，先后有 25 名革命烈士，至新中国成立后，成长出了十几名党政军中高级干部。

为留革命火种，敞开温暖怀抱

时光飞逝，当年的乳娘健在的越来越少。8 月 18 日，我有幸拜访到了崖子镇申家村 96 岁的乳娘陈淑明。她正坐在西炕上，前段时间胃出血，刚从乳山人民医院治疗回家，身体正在恢复过程中。老人耳朵有点聋，但谈起那段岁月，还是很激动。她哺育过国军和宫雪梅两个乳儿，许多细节仍记忆犹新。芋头在当年算是家里很好的食物，每当煮好芋头，大儿子会主动跟国军说，你吃瓤，我吃皮儿。"当年条件差，炕上没有席和褥子，晚上国军只好趴在我肚子上睡，他半夜醒了还得哑几口奶。"她的四儿子申强山把我送到大门口，门口的南瓜已经长大，路东那棵百岁石榴树结了许多红石榴，我和妻子赶忙跟陈淑明的小孙女合影留念。

育儿所迁到东凤凰崖村之后，首要任务是物色不脱产的乳娘。乳娘这是一项特殊的工作，是为别人带孩子，不但要吃苦受累，而且要严格保密，担着很大风险。

　　叫育儿所，但"所"在哪里？战争年代，山区农村条件非常艰苦，育儿所并无固定场所，并不是很多个孩子寄养在一起。为了隐蔽安全，也为了让乳儿们有一个温暖的家，孩子是随乳娘分散在各村居住的，称乳娘是"妈妈"。这样既密切了孩子与乳娘的关系，又便于战时掩护，而育儿所的工作人员会定时不定时地到各村各户巡查。

　　育儿所的工作人员遵照上级党组织的指示，积极与周围村的党组织和妇救会联系，在不长的时间里，就选择了一批可靠的乳娘，经体检合格后，开始奶养孩子。这些乳娘，有的是即将给自己孩子断奶的妇女，有的是吃奶孩子不幸夭折的妇女，都是正处于哺乳期的妇女。革命老区群众觉悟普遍高，接过需要养育的孩子时都二话没说，不讲条件，还有的主动请缨。

　　东凤凰崖村姜明真从育儿所接来刚满月的婴儿福星，给自己不满八个月的儿子断了奶。东凤凰崖村初连英已是两个孩子的妈妈了，最小的正在哺乳期，可当听说育儿所找人为前线同志带养孩子时，她主动找上门抱了一个叫"爱国"的小女孩。邻居们劝她："不行啊，你已经有个吃奶的孩子，再带一个身子能受了吗？"她笑着回答："这孩子的爹妈为了打鬼子连命都不管了，咱遭点罪不算啥！"

　　随着孩子的逐渐增多，1942年7月，中共胶东区委决定在胶东医院育儿所的基础上成立一个独立的胶东育儿所，并任命张福之为所长。9月，鉴于牟海县全域解放，形势进一步好转，胶东育儿所迁移到东凤凰崖村东北七八里外的田家村。此时，中共胶东区委和胶东行政主任公署规定：胶东育儿所收养小孩必须由各级党委（县委以上）秘书处、各级政府（县以上）民政部门、军区或军分区司令部和政治部出具介绍信；干部家中无依无靠的小孩，均须经批准介绍入所。

田家村依山傍路，交通条件比较好，群众基础也非常好。当得知胶东育儿所要来时，热情的村民们立即忙活起来。党支部书记田树军跑前跑后，挨家挨户落实住房等事项。村民兵自卫队指导员沙书尊，当时兄弟四人挤住在一幢房子里，刚刚盖好两幢新房准备分家用，听说育儿所急需住房时，二话不说，马上让出新房给孩子们住。为了让孩子们住得舒服，他还在房子里建了南北两个大通炕，便于冬季取暖和工作人员晚上看护孩子。在村支书田树军的安排下，其他村民也很快收拾好自家的房子，给育儿所腾出了办公室、食堂等。村民沙民、徐田珍夫妇的大儿子沙树本参加八路军，是军属，他家有南北两幢房子，育儿所女所长刘志刚带着一个正在吃奶的孩子住在南屋。寒冷刺骨的冬天到来之前，沙民夫妇主动让出自己住的有火炕的北屋，给刘所长和孩子住，并且每天为她们烧火取暖，自己搬到没有火炕的南屋住。为保证育儿所的安全，田家村民兵自卫队每天安排民兵轮流在村头和路口站岗放哨，防止可疑人员进入村里。同时，为了防止狗乱叫暴露目标，村里百姓甚至都把自己养的狗打死了。在民兵和乡亲们保护下，育儿所没出过任何安全问题。

胶东育儿所迁到田家村后，工作虽然逐渐走向正轨，但是，因条件所限，大多数孩子还是被分别寄养在周围村庄老百姓家里。政府给保育员和乳娘每人每月1.5元的津贴，可乳娘们有着金子般可贵的心灵，把钱全部用在孩子们身上。她们对这些孩子视同己出，克服种种困难，倾注全部心血，给他们喂奶、做饭、做衣服，把屎把尿，无微不至地关怀。

1942年初冬，东凤凰崖村23岁的肖国英第二个孩子出生不久就不幸夭折。此时，村妇救会主任矫凤珍将出生12天的八路军孩子远落送到她手里，这个男孩是育儿所收养的最小的一个孩子。远落出生后就和亲生母亲分离，没喝过一口母乳，小脸苍白，瘦得皮包骨头。肖国英心疼不已地说："孩啊，今后俺就是你的亲娘了。"由于丧子的过度悲痛，家境又贫困，肖国英奶水回去了。为尽快让远落吃上奶水，她顾不上天寒地冻，让丈夫到附近河里砸冰捞鲫鱼熬汤喝。一次，远落病得很重，肖国英赶紧把他抱到育儿所医务室，得知孩子是因严重贫血需输血时，她二话没说就伸出胳膊，"快，快把我的血抽给孩子"。刚一抽完，她眼前一黑就摔倒在地。

为保证有足够的奶水喂养远落，一家人差不多把口粮都省给肖国英吃。有一次，她女儿饿得直嚷嚷："妈，我饿，我快饿死了，给我吃一口吧。"肖国英看看仅剩下的那点口粮，再看看瘦弱的小远落，依然没舍得让女儿吃一口，她转过身假装不理女儿，一边流着眼泪一边把窝窝头塞进自己嘴里。在肖国英的悉心照料下，远落脸色渐渐红润起来。肖国英把远落与自己的生命融为一体了，平日里做针线活的时候把远落放在怀里，上山干活的时候背在背上，一刻也不敢撒手，生怕有个闪失。1948年，胶东全境解放，远落的亲生父母把孩子接走后，已与远落建立了深厚感情的肖国英号啕大哭，茶饭不思，大病一场。

前面讲到的沙春梅，对抚养的孩子格外上心，可以说是婆媳共育、全家共养。春莲刚来的时候，身体虚弱，婆婆便起早贪黑把家务活全揽下，让春梅专心带孩子。沙春梅和婆婆挖野菜、吃粗粮，省下细粮三天两头给春莲包饺子吃，一次只包一小碗，从不嫌麻烦。沙春梅与孩子形影不离，冬天怕她冷，就搂在怀里睡；夏天怕她热，就整夜给她摇扇，有时彻夜不眠。春莲5岁时，生身父母把她接走了，沙春梅全家人吃不好、睡不香，做梦也和小春莲在一起，婆婆也因思念过度双耳失聪。

田家村乳娘矫月志抱养八路军孩子生儿时，自己还在坐月子。她宁可让自己的儿子吃不饱奶、饿得"嗷嗷"哭，也要让生儿吃饱。生儿严重贫血，面黄肌瘦，老爱哭闹，需要立即输血治疗，她撸起衣袖就献血。虽然每次只输20毫升，可是由于连续输了20多天，使她身体极度虚弱，经常输完血后躺在炕上昏睡，最多一次一连昏睡了三四天，才缓过劲儿来。矫月志说："生儿是他妈的心肝啊，我抱养他也要当心肝对待，好让他爹妈放心地去打鬼子。"献了乳汁献鲜血，矫月志用生命兑现她对生儿娘的承诺！

乳娘宫元花是草庵村人，她接手哺育刚满周岁的福勇后，为专心照顾，就和婆婆商量把自己的孩子送到亲戚家寄养。婆婆有点不舍："孙子可是我的心头肉，哪能随便就送人？"宫元花劝她："八路军是咱们的大恩人，他们为咱杀敌流血，甚至豁上命，不能让他们流血流汗再伤心。他们的孩子就是咱自己的孩子，一定要把他们好好养大。"腊月二十日，福勇得了水痘，病情严重。宫元花对丈夫说："这个病不及时治很容易落下疤痕，治不好孩子的病咱就对不住孩子的亲生父母。"她立马带着福勇冒寒求医，跟随八路军医疗分所边走边治疗，先后辗转七八个村，连年都是在外面过的，最终将福勇治愈康复。

东凤凰崖村初连英1942年抱养爱国时，自己最小的孩子也正在哺乳期。为了不让自己的孩子争奶吃，她每次总是先用芋头喂饱自己的孩子，以留下奶水给爱国，后来干脆给自己的孩子断了奶。她做饭时一手抱着爱国，一手拉着风箱，而把自己的孩子用布条绑在土炕的窗棂上。两个小孩都还不到一岁时，一前一后染上天花，这是一种来势凶猛的传染病。初连英急忙把爱国放到驴背上的驮筐中，四处求医，直到她完全恢复后，才领着自己的孩子去看病。她说："小爱国的爹娘为咱打鬼子连孩子都顾不上管，咱孩子多，舍上一个又有啥？"在她的精心抚育下，爱国长得又白又胖。

红色乳娘们对待八路军和革命干部的孩子呵护备至，胜过自己亲生孩子，有好吃的东西总是把自己的孩子支使出去，偷偷给带养的孩子吃。这样的例子举不胜举，每个乳娘身上都有感人至深的故事，体现着母爱的神圣和胶东女性的智慧与柔美。孩子们都习惯了跟乳娘生活，认定乳娘就是他们的亲妈，后来他们的亲生父母来接时，孩子们都是哭着嚷着不走。当问他们"你家在哪里？谁是你妈妈？"他们总是毫不含糊地说："我家在某某村（乳娘所在村），我妈是某某（指乳娘）。"

当年带乳儿不仅仅是喂奶、吃饭、拉屎撒尿、睡觉、看病等等这些零碎事，还有很大的安全风险。牟海县全境解放，可是牟平、海阳、栖霞等邻县仍有日伪军盘踞的据点，距此地最近的栖霞县桃村据点仅二三十里路，最远的牟平县水道据点也不过七八十里路，随时存在着敌人奔袭的危险。好在当地党组织工作到位，保密工作严格，乳娘们虽然不知道孩子父母的真实姓名和身份，但总是守口如瓶。同时，革命老区的人民觉悟非常高，在那艰苦复杂的岁月里，党组织周密安排、民兵组织封锁消息站岗放哨，众乡亲秘而不宣，胶东育儿所在这一带驻扎五六年，除了经历的1942年冬天日伪军的空前拉网大"扫荡"外，一直安然无恙，这非常难得，令人折服和敬佩。

危急时刻，舍命保护孩子

我们来到东凤凰崖村乳娘姜明真儿子杨德亭家，杨德亭回忆说，天福山起义以后，我父母虽然都一个字不认，但都参加了革命，我娘 2006 年去世了，她对党和国家的贡献，就是哺育过四个革命后代。

那些年，日军对抗日根据地疯狂、频繁地"扫荡"。乳儿都是由乳娘一起掩护隐藏转移。1942 年秋，当日军拉网大"扫荡"来到马石山一带时，胶东育儿所分散在各个村庄的二三十个孩子也被围在"网"内，育儿所的全体人员和乳娘们坚定地表示："宁肯牺牲自己，也要保住孩子。"东凤凰崖村姜明真与婆婆抱着乳儿福星和自己刚满 10 个月的儿子跑到深山，藏在一个隐蔽的山洞里。可是，两个孩子在一起，只要给一个喂奶，另一个就哭闹。为了避免暴露目标，姜明真狠下心来，跑着把儿子送到不远处另一个无人的小山洞里。伪装好洞口刚返身回来，敌机就开始轰炸了，那爆炸声如同响在耳畔，山洞的石头被震得"咔咔"作响，不时有小石块掉在地上，山土一阵阵抖落在头上、脸上和棉衣上。

姜明真用颤抖并有些麻木的手，紧紧搂抱着八路军的孩子福星，仍能断断续续地听到不远处亲儿子揪心的哭喊声。婆婆同样心如刀绞，要跑去心肝孙子所在的山洞看望照顾，姜明真眼含泪水劝说："娘，你千万别出去，鬼子这就搜山了，如果让搜山的鬼子看见了，你就没命了，这福星也就保不住了。咱和八路军承诺保护好福星，说话得算数呀！"等轰炸停了，搜山的日军撤走后，洞外一片沉寂，她的婆婆发疯般地冲过去，扒开被敌机炸塌的洞口，只见孙子被吓得脸色苍白，手脚被石头磨得鲜血直流，嘴上沾满了泥土和鲜血，嗓子哭哑了，不停地咳嗽，肚子也胀得鼓鼓的。由于过度惊吓，孩子回家不几天就夭折了。失去儿子就像割掉自己身上的肉，姜明真强忍悲痛告诫自己："这是日本鬼子欠下的血债。为了福星，我必须坚强地活下去。"从此，她更加疼爱福星，一直把福星喂养到三岁才让其父母领走。战争年代，姜明真先后抚养过四个革命后代，没有一个伤亡，而她自己的六个孩子中，却因战乱、饥荒和疏于照顾先后夭折了四个。

座谈完，杨德亭和妻子平复了一下悲痛的心情，请我们吃红瓤西瓜，瓜块很大、很红、很甜，言语间洋溢着对当下生活的称心如意。

当年，听说日军来了，乳娘宫元花同保育员李玉华一起抱着刚满周岁的福勇在凤凰崖一带的山上跟敌人周旋，整整一天两人没吃一口东西。寒冬腊月，天寒地冻，寒风刺骨。夜晚，她俩隐蔽在低矮的松树下。宫元花把福勇包在自己的宽裆棉裤里，让福勇的脸紧贴着自己的胸口，并与李玉华对面而坐，两人把双手互插在对方的胳肢窝里捂着，用两人的身体温暖着福勇。从黑夜熬到天明，又从白天坚持到黑夜，宫元花把仅有的一块玉米饼子嚼碎了，一口一口喂给了福勇。直到日军撤走了，她们才抱着福勇趔趔趄趄地回村。

那次日军大"扫荡"时，裹着小脚的肖国英，一手抱着两岁大的远落，一手拽着五岁的女儿，拼命地朝丈夫事先挖好的山洞跑去。远远看着日军来到山脚下了，可是女儿说什么也跑不动了，还一个劲地哭。情急之下，肖国英一狠心把女儿按在旁边的柠棵堆里，嘱咐她老实待着，然后匆忙用杂乱枝草掩上，抱着远落继续跑上山。整个夜里，肖国英在山洞里紧紧搂着远落，心急如焚，一夜没眨眼。第二天等日军走了，肖国英急忙找到藏女儿的地方，扒开柠棵堆，看到女儿瑟瑟发抖，嗓子都哭哑了。肖国英不后悔，她说："八路军帮大伙打鬼子，把孩子交给俺是信得过俺，待孩子就该比俺的更金贵。"

1944 年 3 月初，胶东区行政主任公署机关也转移到牟海县田家村，月底又迁移到马石店村。胶东行署陆续给育儿所增加管理人员，育儿所的工作开始具体分为总务组、医务组、巡视组三个组。

总务组负责生活供给。环境艰苦，生活条件极差，但是党和政府对育儿所还是格外照顾的，在粮食供应非常困难的情况下，每月都按时给孩子和乳娘拨发粮食。每月发给乳娘粗粮 60 斤（口粮及喂养孩子的报酬），孩子的供应按年龄大小分别发给细粮

18斤、20斤和22斤。还给孩子发烧火做饭的柴草，孩子的菜金包括在粮草里。每年按春、冬两季把布和棉花发给乳娘，为孩子做衣服。前方部队从敌人手中缴获的战利品，凡是育儿所能用得着的，都及时派人送去，总务组再分发给孩子。

巡视组负责到周围村巡视乳娘带养孩子的情况，发现问题及时解决，还要向群众进行宣传教育，做好调查、聘请新乳娘的工作。虽然孩子们居住的村庄有50多个，他们还是规定每半月进行一次检查，不漏掉每一个村庄、每一个孩子，每次出发都要走数百里路。

为了保证孩子们的健康成长，规定饮食必须卫生、营养、易消化，定时定量。除了不满周岁的孩子吃奶外，其他的孩子有时可以吃到大米、馒头、饺子及鱼、肉、豆腐、果蔬等，并要求乳娘做到：春秋季节每隔三天给孩子洗一次澡，夏天一天洗一次或数次，冬天七至十天洗一次。孩子的衣服平常三天洗一次，夏天一天洗一次，不允许孩子喝生水。

1945年8月抗日战争胜利时，胶东育儿所的幼儿已由初时的两人增加到168人，工作过的乳娘和保育员有100多名。此时，年龄大的乳儿均被安置到驻村小学学习，一切供给由育儿所负责。1946年2月，为了对大一点的孩子进行正规教育，遵照胶东行政公署的指示，育儿所60多个不吃奶的幼儿转移至胶东行署机关所在地莱阳县，过集体生活。还有160个吃奶的和小一点的孩子，仍然分散在田家村及附近各村老百姓家里抚养。当年6月始，国民党军队全面进攻山东，胶东西部形势日趋紧张，国民党军队飞机轰炸莱阳，胶东行署机关遂转移到乳山境内马石山一带，育儿所在莱阳的孩子及工作人员也重新返回田家村，随即又疏散到周围村庄。10月，国民党反动派对胶东解放区的全面进攻被粉碎后，育儿所的孩子开始集中到田家村，孩子无一损伤。1947年8月1日，胶东育儿所召开庆功授奖大会，育儿所领导代表胶东行署向有功人员颁发功劳证书和荣誉奖章，全所80%的工作人员受到奖励。

随着抗战的胜利，育儿所的物资供应更有保障。同时，通过募捐和接受民间社会捐赠，也为育儿所的健康发展补充了更多资金。党和政府对孩子们更是十分关照，1946年春，育儿所的孩子可以吃到奶粉、炼乳、巧克力、罐头等稀罕物了。1947年5月12日，国民党"新英平"号军用货船由上海去营口，因触礁行至南泓村东不远的海面搁浅。经民兵乘舢板登船，缴获军用物资一批。其中生活用品有布料、奶粉、面粉、罐头等，乳山县政府也优先送给了胶东育儿所的孩子们。

一口乳汁，一世母子

2022年8月20日上午，我们参观完胶东育儿所，就来到东邻、乳娘王贵芝的儿子杨宗民家。杨宗民正和妻子单莲英坐在西炕上吃午饭，刚出锅的花蛤冒着热气，还没来得及上桌。餐桌上摆放着酱牛肉、白水煮大虾、炒丝瓜、白煮豆腐，还有大锅饼等。杨宗民放下酒杯，跟我们聊起来。1942 年，他姐生下三天就没了，不久村妇救会主任就送来了八路军的孩子小军给他娘。是晚上送来的，小军的爹是谁不知道，只知道有警卫员。"小军哥在家待了三年，俺娘比对自己的孩子还上心。我 1946 年出生，干脆就叫了连军。"说着说着，杨宗民动了感情，眼圈都红了："我娘 1921 年出生，1995 年去世，晚年得了老年痴呆，不认人了，但经常把小孩子误认成小军。"

1948 年春，解放战争节节胜利，经胶东行署批准，育儿所由田家村迁至离乳山县城较近、交通方便、房舍宽敞的腾甲庄村，住址是没收的大地主的四五十间房子。前排十几间房屋临街，有三个大门；中间有三四排房子组成院落，院内设有滑梯、大木马等儿童娱乐设施，东面是一栋二层楼；后面也是一大排房子，再后面是个花园。此时，分散在各村的乳儿已集中居住，有乳儿 300 余人，工作人员 80 多人。根据孩子年龄，分成小学部和幼稚园。小学部负责对 7 周岁以上的孩子进行普通小学教育，幼稚园负责抚养管理六周岁以下的孩子。

课程主要是音乐、舞蹈、游戏、讲故事及常识课。在生活上，工作人员和孩子全是供给制，政府每月拨给每个孩子 20 元钱，统一使用。在饮食上，育儿所还配备营养护士，根据孩子年龄及所需营养，有计划地调剂饮食。除主食之外，孩子们还可以吃到点心、蔬菜、肉蛋、牛奶及各种海产品。根据季节，每年给每个孩子发四套服装。孩子们的宿舍、被褥、床铺保持清洁，并按规定时间给孩子洗澡、洗脚，换洗衣服，剪指甲。每晚，保育员轮班照看孩子睡觉，孩子们在这个红色革命摇篮里健康快乐成长。2022 年 8 月 19 日，我拜访了 1949 年出生、在育儿所里长大的冷传杰。他说："当年我分在育儿所小班，接受的都是正能量教育，老师带我们唱歌、游戏和野游，要求我们不说谎，有礼貌，见到男的叫叔叔，女的叫阿姨。"

新中国成立后，育儿所绝大多数孩子回到了亲生父母或亲属身边。1952 年 7 月，胶东育儿所完成了历史使命。除少数工作人员调离外，其余全部同孩子一起移交给乳山县，改名为乳山县育儿所，受乳山县人民政府领导。到 1955 年，大部分乳儿陆续被父母或亲属接走，尚有 9 名没有被认领的孩子。乳山县育儿所于 5 月 7、8、9 日连续三天在《大众日报》刊登启事，查寻这几个孩子的父母或亲属，无果者被乳山县机关工作人员领养。8 月，乳山县育儿所撤销。

在残酷的战争年代，胶东育儿所先后哺育革命后代 1223 名，在多次迁徙和日伪军的"扫荡"中，孩子无一伤亡，保存了革命火种，培养了革命力量，这是个奇迹！这些孩子在各级党组织的精心关怀下，在育儿所300多名保育员和乳娘们的精心护养下，接受进步思想熏陶，培养勤学上进观念，强化亲情友情思维，形成集体协作习惯，养成严谨规范作风，在革命的摇篮里茁壮成长，长大后大都成为社会主义建设的栋梁之材。

更值得人们敬仰、敬佩和念念不忘的是那些至今无法准确记录姓名和统计出数字的可亲可敬的乳娘，是她们用甘甜的乳汁哺育了乳儿，用青春、生命和鲜血保护着孩子们的健康成长。她们用朴实无私的行动，谱写了一曲感天动地、气壮山河的大爱之歌。在接收乳儿抚养时，她们义无反顾，不讲价钱，不知道孩子的父母是谁，更不知道有的孩子的父母是八路军的高级将领和党政高级干部，如许世友、聂凤智、梁辑卿……只知道孩子们的父母在前线打鬼子，为革命抛家舍业，她们是知恩图报，为能给共产党、八路军帮忙出力、做点事情感到光荣和自豪。

她们待乳儿视同己出，在艰难困苦时呵护有加，在生死攸关的危急时刻、在病魔危险面前挺身而出，在乳儿父母寻认之时忍痛割爱，在乳儿成才之后不图回报。出于保密需要，许多乳娘对当年那段经历守口如瓶，从不张扬炫耀，甚至成为永远的秘密，真正做到了大爱大义，达到无私忘我的最高境界。如今，当年的乳娘大都过世，已无法考证每位乳娘确切的情形，还是让我们记下这串平凡而闪光的名字吧：王克兰、李秀珍、姜明珍、沙春梅、初连英、肖国英、姜玉英、姜杨氏、王桂芝、矫月志、佟玉英、肖庆兰、滕景翠、尹德芝、宫元花、李青芝、陈淑明、王奎敏、李存久、王水花、王聪润、于兆勤、姜德惠、矫凤珍、杨文禄之妻、宫云英……

大爱无疆。红色胶东的乳娘们超越血缘亲情的母爱，体现了老百姓对党、对人民军队的衷心热爱与高尚情怀，揭示了党与人民群众水乳交融、生死与共的精神密码。乳娘的传奇故事、丰功伟绩和伟大精神永载史册，她们爱党爱军的家国情怀、诚信守诺的崇高美德、无私奉献的优秀品质，永远激励着后人。

为了记住这段感人肺腑的历史，2011年，根据胶东育儿所故事改编的舞台剧《乳娘》，由乳山市吕剧团首演。此后歌颂乳娘的话剧、报告文学、纪录电影等文艺作品如雨后春笋，相继涌现。

娘挂儿女，挂在心里。孩子想娘，急断肝肠。2016年6月，乳山市重新修缮了田家村胶东育儿所旧址，并建立起胶东育儿所教育基地。在庆祝中国共产党成立95周年前夕，胶东育儿所红色教育基地建成开放，乳山市委举行了弘扬传承红色乳娘精神座谈会，来自全国红色文化研究领域的60多名专家学者、革命后代、乳娘、乳娘亲属及乳儿参加，曾在胶东育儿所生活过的18名革命后代从全国各地聚集到育儿所旧址，寻找当年在炮火中用乳汁哺育自己的乳娘和抚育自己长大的保育员。

那天，我专程来到位于乳山市大乳山西南侧，参观宋玉芳、段桂芳、司晓星、徐永斌、李丽惠和梁恒力等六位乳儿 2015 年栽下的"敬母林"，只见那龙柏树郁郁葱葱，已与山上的黑松、槐树融为一林，枝挽着枝、根攀着根，蓬勃着母爱的悠长和母恩长存的感动。

胶东是一片红色的土地。这里发生过让中华儿女铭记屈辱的甲午海战，广为流传的"马石山十勇士"的英雄事迹，这里留下了老一辈革命家的光辉足迹，这里荡漾着《苦菜花》《迎春花》《山菊花》的文学芳香……

致敬，英雄的戈壁母亲

2019 年，新中国成立 70 周年，也是新疆和平解放 70 年。8 月中旬，我不远万里从山东来到新疆——为了多年的心愿，也为了追寻一段关于新中国第一代边疆建设者的记忆。

岁月和英雄的名字如一粒粒珍珠，用时间的银线串起宝贵的项链，挂在历史和祖国胸前。山东把守祖国东大门，每天迎接太阳从地平线上冉冉升起；新疆地处祖国西大门，每天恋恋不舍地送走太阳余晖。泰山天山根连根，鲁疆人民血脉相连。20 世纪 50 年代初，2 万多名山东年轻女性，从齐鲁大地来到祖国西北边陲新疆，成为新中国第一代边疆建设者和守卫者。

忆往昔，峥嵘岁月稠。1949 年刚刚解放的新疆，稳疆固边任务严峻。1952 年 2 月，为了祖国领土的完整和安宁，遵照毛泽东主席发布的人民革命军事委员会命令，人民解放军十万官兵成建制地分批转入生产建设，一手拿枪，一手拿镐，不穿军装、不拿军饷，自给自足，铺展开一幅屯垦戍边的英雄画卷。

山东是革命老区、抗日根据地，1948 年就是解放区了，妇女和姑娘们做军装、备军粮、支援前线，早早接受了革命思想的熏陶。1952 年春，抗美援朝在招兵，建设新疆也在招兵。新疆军区到山东招收女兵的消息一传出，山东姑娘报名踊跃。亲朋好友都说："这些丫头们都疯了，非去新疆不可。"有的身高不够，往鞋里加鞋垫；有的年龄小，就虚报年龄；有的怕爹娘不同意，瞒着父母赶往招兵点……1952 年参军的山东女兵，先后分四批从山东的青岛、济南、潍县、兖州等地乘火车，到西安或兰州改乘汽车，经万里之遥，大都一个多月才赶到新疆境内。沉寂了几个世纪的丝绸古道，涌来滚滚的车队和斗志昂扬的士兵，篝火烧焦了久远的沉寂。

据统计，1952 至 1954 年间，先后有 2 万多名山东女青年进新疆，其中相当部分有军籍。不久，她们陆续脱下军装，转业到新疆各地的团场和县市。这些女兵们和男兵一样，克服了难以想象的困难，无论春夏秋冬，住地窝子、喝涝坝水、扛着农具开荒生产。这是既不属于农民，也不属于部队，却肩负军人职责的农垦职业，这里是看不见硝烟的屯垦戍边战场。

扎根荒漠

"滚滚黄沙遮住天，茫茫盐碱连成片；满目荒凉杂草生，野兽出没无人烟。"这是当年兵团战士留下的顺口溜。

那天我们驱车跑了两个多小时，赶到兵团 12 师 222 团军垦遗址，那里还保留着当年的地窝子原貌。四周是茫茫沙漠和稀疏低矮的野柳，钻进去，地窝子里边一人高，五六平方米，四壁是干裂的黄土，透过窝顶的柳草能看到天空。骄阳似火，地面温度有四十多度，酷热难耐。难以想象，我们的前辈就长年累月生活在这样的环境里。

新疆干旱少雨，到处是茫茫荒野，戈壁碱滩上摇曳着稀疏的红柳、梭梭、碱蒿子。当时自然条件恶劣，生产力低下，生活极其艰苦。茫茫戈壁滩，没有路，没有树，没有人烟。一烧荒，狼和野生动物四处乱窜。没有房子住，就在戈壁滩上搭帐篷，或挖窑洞、挖地窝。经常睡到半夜帐篷被大风刮跑，只好四处寻找被刮走的衣被和盆盆罐罐。

地窝子，说白了就是一人多深的大土坑，像山东的地窖，在平地上斜挖下去，再平掏出一个大洞，在洞底留出当床、做桌的土墩和行走的过道，用木头拱住屋顶，上面盖上胡杨木、红柳条、芦苇和泥浆、湿土，留出门窗，就是居住、生活的场所。窝顶基本与地面持平，时常有羊和孩子掉进地窝子。晚上睡觉，躺在床上可以看见天上的星星，冬天冻得睡不着觉，早上起来嘴上结满冰霜。遇到刮风天，睡觉时脸上得蒙块挡尘土的布！

当年最愁人的，是夏天的蚊子、冬天的雪。蚊子成群结队，疯狂咬人，用手在脸上一抹就是一把。为防蚊子叮咬，只好跳着脚步吃饭，或者在脸上手上涂上草木灰，有些人干脆洗泥水澡，全身糊上一层厚黄泥。大雪天，刺骨的冷，风又大，走路直不起腰、迈不开腿，手掌、鼻子和耳朵会迅速被冻麻木。地窝子随时都会被大雪掩埋、封掉，需要外面的人帮助掏开门。孩子上学时怕被风雪刮跑，得在书包里放上大石头。

面对恶劣环境和重重困难，女兵们丝毫没有退却。参加过克拉玛依石油大会战的宋香莲说："那时候的人都讲荣誉，上进心特别强，不管干什么只想跑在前头，就怕落在别人后头！"开荒造田、拦河筑坝、修渠引水、打坯盖房，女兵们一点也不比男兵逊色。

男大当婚、女大当嫁。可因为没日没夜劳动，青年男女难得有机会接触，没有时间谈恋爱。兵团创业初期有句顺口溜："粗粮吃细粮卖，刮风下雨当礼拜，兵团姑娘不对外，衣服没领子和口袋。"其时，《中华人民共和国婚姻法》颁布不久，男女婚恋自由，可空旷的戈壁滩人烟稀少，很多夫妻都是靠组织介绍、领导牵线认识的，自愿组成了中国屯垦戍边史上的第一批家庭。婚礼也都很简单，大多是集体婚礼，分包喜糖了事。当时，没有空闲的平房和地窝子，洞房也是集体公用，轮流住，平时夫妻都住在各自的集体宿舍。有的连队没有婚房，只好指派年轻夫妇去睡草垛。荒原上燃起鲜活而真实的人间烟火。婴儿清脆的啼哭声，成为戈壁荒原上最动听、最令人振奋和激动的乐曲！

屯垦戍边的解放军成了家，诞生了第一代"军垦母亲"，有了孩子、留下血脉真的扎下了根，结束了屯疆戍边一代而终的历史。这种景象让当地的少数民族老乡吃了"定心丸"，他们相信解放军不走了，军民关系牢固了，就像石榴籽那样紧紧地相互依靠，发展也打长谱了。

女兵们付出了双倍的辛劳。她们白天和男兵一样早出晚归，劳动一天下来，累得头昏脑涨。打理家、照顾孩子、洗洗涮涮、缝缝补补只好留在晚上或雨雪天干，长年累月，身心疲惫。

中央电视台曾热播过一部电视剧《戈壁母亲》，剧中戈壁母亲就是新疆第一代兵团母亲的缩影。新疆这片特殊的土地，部队这座大熔炉，把女兵们锻造成了有信仰、有追求、有主见的钢铁战士。虽说有些女兵的婚姻不尽如人意，但因为都是从艰苦的岁月里滚爬过来的，最懂同甘共苦的含义，最珍惜相依为命的扶持。岁月验证一切，这批老兵婚姻都比较稳定。

两个故乡

85岁的金茂芳，是山东进疆女兵的优秀代表。我们赶到她石河子市的家里时，满头银发、满面红光的她早已换上了红上衣，切好了红瓤西瓜。她给我的第一印象，就是乡音未改，性格开朗。客厅正面挂满了各种照片和奖状，右侧是她年轻时开拖拉机的大幅照片。她拿出来一大摞老照片，一张张地给我们介绍："我老家在济宁，我是1952年8月1日坐上去西安的火车的，9月3日到了新疆石河子。"1955年，她和丈夫随大军就地转业，成了第一代军垦职工。不久，她成为"新中国第一代女拖拉机手"。她用军人的执着、女性的细腻养护着机车，7年干了22年的活。"十大戈壁母亲"推选委员会在颁奖辞中这样评价金茂芳：她是兵团第一代女拖拉机手，是拓荒岁月里最杰出的女性！国家给予金茂芳至高无上的荣誉。1960年我国发行第三套人民币时，金茂芳成为1元纸币正面人物"女拖拉机手"的原型，另一面是新疆风光。她驾驶过的那台苏联产的拖拉机，就存放在石河子军垦博物馆里，是国家一级革命文物。

见到家乡人，她打开了话匣子。谈起那段辉煌历史，金茂芳特别嘱咐："千万别说人民币上这个拖拉机手是我，她是全疆女拖拉机手的集体形象、群体荣誉。"我端详比对人民币上女拖拉机手的形象与金茂芳当年的照片，真是太像了。"我们这辈子就一门心思，给兵团争光，给山东争气。"问及她如何评价当初的人生选择时，她毫不犹豫地说："我无怨无悔！"

山东女兵如红柳、胡杨、沙拐枣等沙生植物，靠群体瘦弱的生命绿色构筑了戈壁的生命屏障和生态系统。

当年以参军或支边名义在甘肃、湖南、山东、上海、广西、四川、河南等地招收的进疆军垦女兵约五六万人，山东数量最多，超过三分之一。这些女兵大多被评为各级劳模或先进，还出现了新中国第一代女医生、女教师、女拖拉机手等。

与这批山东女兵聊"故乡"这个概念，答案竟然高度一致。"一个是生我养我的故乡山东，一个是奋斗生活了一生的新疆。""忠孝不能两全，心中最愧疚的，是没在父母身旁尽女儿之孝。"话还没说完，泪水早已流到了腮边。想不到，看一眼故乡的风景，喝一口家乡的水，尝一口家乡的饭，真就成了一种奢望。她们用一生悟出了一个朴实的道理：有国，才有家。保家卫国，责无旁贷。强大的祖国，是边疆安定、生活安宁的坚强后盾。

兵团第二师铁门关市有座"十八团渠纪念碑"。当年为把孔雀河的水引到吾瓦镇的军垦农场，开挖了这条引水渠。修渠用石量很大，又没有运输工具，全靠战士去5公里以外的天山脚下背，一天要背七八趟。一位叫吴素梅的女战士，绳子磨断了，情急之下，剪下自己心爱的辫子，接好了背石头的绳子。美丽的麻花瓣揽起棱角锐利的石头。这是一个美丽得让人落泪的真实故事，流传至今。60多年来，十八团渠奔流不息，浇灌着库尔勒垦区的30多万亩农田，成为当地农业发展的命脉。

1957年，为了解决南北疆之间的交通障碍，王震将军亲自筹划，修筑一条翻越天山的公路，这就是著名的乌库公路。在那支修路大军中，姜同云、田桂芬、刘君淑、陈桂英、王明珠五位山东女兵，不畏艰难困苦，和男同志一样在海拔4280米的冰峰雪山上抡锤打钎、点火放炮、开山修路，休息时还帮男同志洗衣服、缝被子，被誉为"冰峰五姑娘"，当选"新中国屯垦戍边100位感动兵团人物"。

这些当年不足二十岁的姑娘，一生不攀附、不矫情，捂热心灵，修炼内心，如今都是老奶奶级别的人物，乐享天伦。品味她们的一生，生动耐读、催人泪下。

山东省文登县马石波村的都桂松，死缠硬磨进了疆——那年她13岁。提起当年参军进新疆的事，总是乐呵呵地说："我可来对了！"

立志"干不出成绩，见不到毛主席不结婚"的江桂芳，1961年10月1日站在天安门第三观礼台上参加国庆大典，接着在怀仁堂见到了毛主席，这位"铁姑娘"激动得热泪盈眶，鼓掌鼓得手疼。1964年，她才如约结婚。

来自山东文登宋村区集西村的周昌花说："我是个穷孩子。

16岁跨入部队大门，我好好干活，是为了报答共产党和毛主席。""我四个孩子都当过兵，都是党员，都很孝顺。"

来自山东省莱阳县万里原河马崖村的薛德芬，1947年10月光荣加入中国共产党，1952年全村十多名女青年报名参军，她第一个带的头，"听党话，跟党走！"

还有许多家庭，因女兵进疆，结下新疆情缘。1952年赵锡琴光荣入伍，历经一两个月的颠簸到达新疆乌苏。1954年，在父母的支持下，她的姐姐来到新疆，弟弟也在新疆参军入伍。1978年，她深明大义的父母毅然举家到新疆投靠子女，最终长眠于天山脚下。

来自山东荣成的女兵李成兰，1952年进疆。1988年6月，李成兰临终前嘱咐她的孩子们："你们一定找机会回山东老家看看，骨肉亲情不能断呀！"

她们是一座山，一座宝藏，一面镜子，让我赞叹，又让我惭愧。

传奇永存

我行走在新疆大地上，悄然忆起"黄沙百战穿金甲，不破楼兰终不还"的豪迈和"惟草木之零落兮，恐美人之迟暮"的感叹。疆土千万里，国人有骨气。这些山东女兵，当之无愧的新中国第一代"军垦母亲"，她们平凡的名字已镌刻进共和国的英雄史诗。

西山农牧场的王蓓丽，其父母都是山东人。父亲1947年参军，参加了解放大西北的战斗，母亲1952年15岁参军做护士工作，1954年经组织介绍结婚，1955年共同转业到兵团。她说："我的父亲、母亲解放新疆、建设新疆，我的女儿也在农场，我们一家三代扎根新疆、守卫新疆，新疆就是我们全家的命呀！"

曾经风华正茂、身姿曼妙的山东女兵，与来自全国各地的老一辈兵团人一道，谱写了维稳戍边的人间传奇；经过岁月锤炼，都已成为白发苍苍的老人。截至2019年7月底，健在的还有近3100人，平均年龄85岁左右，最大的近100岁。而更多的人，已长眠在天山南北。这些健在的老人始终保持军人神态与风采，对每一次聚会、见面、电话，或者某一次邂逅，都很珍惜，总是在寻找着，辨认着，絮叨着，笑着，闹着，泪水流个不停。行动虽有些迟缓，但很可亲；语言虽然简单，但很精诚；目光虽显昏蒙，但很可敬……

历史没有忘记，祖国没有忘记，人民没有忘记。山东省委、省政府和山东人民一直牵挂着这批女兵。1988年开展了"兵团山东女兵"公益活动，2017年山东女兵进疆65周年，开展了系列关爱"军垦母亲"活动，寻找"兵团山东女兵"。2019年，以庆祝新中国成立70周年为契机，家乡人带着慰问信和《论语》、鲁班锁、老粗布等饱含山东味的纪念品，逐一进家走访慰问全疆健在的山东女兵。老兵们手捧慰问信，笑里亦含泪："老家来人了……""山东没忘我！""我这辈子知足啦！"

当初在计划走访慰问时，曾有人疑虑，也有人担心，假如这些老同志提出不合理的诉求怎么办？然而，这些年轻时心怀信仰和责任的女兵，步入耄耋之年，更是心静如水，无欲无求。向组织伸手好像侮辱她们的人格和品德，功名、富贵、得失皆为过眼风沙。"尊重历史，方可荣耀。"这段记忆，属于军史，属于国史，属于党史，属于子孙后代。据了解，山东正在济南市长清区建设"山东老战士纪念广场"，进疆女兵拟单列一个部分，让子孙后代记住这段非凡的历史和功绩。

新疆早已旧貌换新颜，走出了茫茫大漠和羌笛、胡笳的凄美，城市和村镇星罗棋布，道路四通八达，"大美新疆"名副其实。新疆与山东，一西一东，两地人民血脉相连，交流交往源远流长。目前有大批山东援疆干部、人才在新疆工作，书写融入"一带一路"倡议的新篇章。伴随国家"西部大开发"计划，挺进大西北已成为多少有志青年的理想，山东女兵的后代扎根新疆这片土地，汇入了建设美丽大西北的滚滚洪流，正在上演着更雄伟、豪迈的英雄传奇……

致敬，新中国成立初期进疆的山东女兵！

中国母亲

    长江，黄河，是中华民族古老的母亲河。她用甘洌的乳汁，千年万载地滋养中华大地，哺育亿万优秀中华儿女。

    河流很痴情，追逐着东方的太阳，穿越嶙峋的大地；河流就是奔波的命，白天黑夜从不休息，哗啦啦地流淌。河水安静一会儿就能露出笑容，显现岸畔的树林和星月的倒影。无论艰难的跋涉者还是疲倦的耕耘者，都可手捧淙淙河水解渴，大地没有河流的滋养，会是一片荒漠。当财富、欲望、追逐的梦想在汹涌波涛过滤和岁月淘汰后，留下的足迹和精神遗产会变得更加深沉与丰厚。

    中华民族历史源远流长，娘的名字也喊了五千年，娘的名字是植根于中华民族血脉深处的文化符号。黄土捏人的女娲，是我国最伟大的女神之一。司马迁在《史记·五帝本纪》中写道：

"华胥氏生伏羲、女娲，伏羲、女娲生少典，少典生炎、黄二帝。"传说中的华胥氏，是中华民族的始祖母。华胥氏是伏羲和女娲的母亲，伏羲与女娲的结合，人类得以繁衍。从华胥到华夏，从华夏到中华，形成了一脉相承的中华民族文化。在中国这块古老而英雄的土地上，诞生了一代代伟大的母亲和她优秀的子孙。她们的名字虽被历史尘埃所覆盖，她们的故事虽被漫长岁月所淡化，但她们的精神却与日月同辉，爱与天地共存。

诗人但丁说："世界上有一种最美丽的声音，那便是母亲的呼唤。"孟郊"慈母手中线，游子身上衣。临行密密缝，意恐迟迟归。谁言寸草心，报得三春晖。"任何人，都是母亲的孩子。或者说，无论伟人，还是凡人，都是母亲倾尽心血养育长大的。

母亲是温暖、呵护和奉献的同义词。我们穿越时光和心灵隧道，所有母亲各有光辉的背影与铭文：没有母亲的付出，就没有每位子女和每个家庭的幸福温馨；没有母亲的奉献牺牲，这个世界就会路断人稀，人类会绝迹。我冥思苦想，这世界上还有什么比母爱更崇高、更伟大、更无私呢？绝对没有！

"世界上每个母亲，都是名副其实的英雄。"在中华民族历史上有多少英雄的母亲，在播撒母爱过程中，谱写下可歌可泣的动人故事，流芳百世。当在襁褓里啼哭时，母爱是温馨的怀抱，精心的呵护；当咿呀学语时，母爱是不厌其烦、不辞劳苦的耐心引导；当熬夜读书时，母爱是欣喜相随、温暖如春的陪伴；当远行千里时，母爱是唠唠叨叨、掷地有声的嘱托与叮咛；当取得优异成绩时，母爱是激动的泪水和暖心的欣喜；当横卧病床时，母爱是布满血丝的双眼和乞求命运之神的惆怅；当孤苦无助时，母爱是慈祥的微笑和坚定的力量；当沾染恶习时，母爱是苦口婆心的劝勉和捶胸顿足的惋惜；当屡教不改、触碰法律时，母爱是撒在娘的伤口、疼在娘心窝的那把盐粒。

可怜天下父母心。有人说：做不了名人，就做名人的妻子；做不了名人的妻子，就做名人的母亲。是的，世上哪位母亲不渴望自己的孩子成龙成凤、有好的前程呢？可是让孩子优秀，谈何容易，该从何处入手呢？每一位母亲养育儿女的过程都是一部厚重之书，都书写着感人肺腑的故事。在这里，我怀着崇拜和敬畏的心情，挂一漏万地列举十二位母亲。

——孔母胎教：孩子的教育要早早开始。孔子母亲在怀胎的时候，就坚持做到眼睛不看不好的东西，耳朵不听不好的声音，口中不说不谦逊的话语的"三不胎教"。没有孔子母亲，就没有孔子后来的传世佳绩。孔母颜徵在节衣缩食，忍辱负重，在极为困难的情况下培养孔子，可惜在孔子17岁时因操劳过度早逝。

——孟母三迁：努力给孩子创造良好学习环境。《三字经》曰："昔孟母，择邻处；子不学，断机杼。"孟母丧夫后，与年纪尚小的孟轲相依为命。当时他们居住的村落里有一些没有教养的恶少，孟母担心孟轲模仿学坏，就带孟轲来到鲁国都城城郊，希望孟轲接触先进文化。谁知邻居一户是打铁的，一户是杀猪的。孟轲数次好奇地学生意人的吆喝和猪叫声。孟母决定不惜一切代价为儿子找一个好的环境居住。于是迁到了都城一个靠近书院的地方居住，并求学校接受孟轲入学。"孟母三迁"和"断机劝学"已成为千百年来中国人妇孺皆知的历史佳话，为天下母亲提供了教子良方。孩子的书桌放在什么地方、用什么态度读书，直接影响学习的情绪和效果。

——岳母刺字：教育子女精忠报国。岳飞十五六岁时，北方金人南侵，宋朝当权者腐败无能，节节败退，国家处于生死存亡的危急时刻。岳飞投军临行前，岳母用绣花针亲手把"精忠报国"四个字刺在儿子的背上。刺完之后，岳母又涂上醋墨。从此"精忠报国"就永不褪色地留在岳飞后背上、铭记在心里。岳母励子从戎、激励儿子精忠报国被传为佳话，世尊贤母。

——芦秆为笔：教育孩子节俭持家。北宋欧阳修的母亲郑氏出生于贫苦家庭，但家穷志不穷，是一个意志坚强的人。眼看欧阳修到了上学读书识字的年龄了，没钱买纸笔，就用芦秆代替，把沙铺在地上当纸，一笔一画教欧阳修写字。欧阳修身居要职后，母亲提醒他还要俭约持家，不超过生活困难时的用度。

——陶母退鲊：教育孩子不可占公为私。东晋名将陶侃曾在浙江海阳做县吏，监管渔业。有一次，下属送了一坛鱼鲊（腌鱼）给陶侃，孝顺的陶侃便托乡人带给母亲。谁知母亲却原封不动地将这一坛鱼鲊退了回来，并在信中写道："你现在是官吏，拿这类物品送我，不但不能让我高兴，反而增加了我的忧虑。"陶侃收到母亲退回的鱼鲊和回信，愧疚万分，立志廉洁奉公。

——漂母解囊：彰显接济不图报答的大爱。《史记》记载："淮阴城北临淮水，昔信去下乡而钓于此。"淮阴侯韩信，出身贫寒，生活半饥半饱。漂母见年轻的韩信面露饥色，钓鱼之余还坚持读书习武，因此十分同情，常把自己带来的饭菜匀给韩信吃，接连数十天，韩信深为感动。一天，韩信对漂母说："以后一旦发迹，定当重重酬报。"漂母非常生气地说："你堂堂男子汉，竟然自己都不能养活自己。我接济你，难道是图你报答吗？我只希望你奋发图强，日后能成为一个有出息的人。"十多年后，韩信果然施展才能，帮助刘邦打败了项羽。漂母只是极普通的妇女，却在韩信贫贱之时，慷慨解囊，无私相助，激励立志，传为美谈。

——蔡母劝早：培养孩子良好的学习生活习惯。被毛泽东誉为"学界泰斗，人世楷模"的蔡元培，母亲周氏注重从细微处着手培养孩子养成好习惯。蔡元培好学上进和正直无私的品格主要来自他母亲的影响。蔡元培入塾后，她常陪着做作业。有一次，她感觉夜已深了，儿子还在灯下构思苦吟，于是劝儿子说，疲倦学习效果不好，干脆早睡觉、明早早起趁着清醒续作。黎明，蔡元培早起，一挥而就，从此他养成了早起的好习惯。

——辜母气节：教育孩子做有气节的爱国者。学贯中西的辜鸿铭，父亲辜紫云是某橡胶园的总管，母亲是金发碧眼的英国人。1867年，辜鸿铭跟随义父母布朗夫妇去英国求学。临行前，辜鸿铭的父亲在祖先牌位前点上一炷香，把儿子叫到跟前，对他说："无论你走到哪里，不论身边是英国人、德国人还是法国人，都不要忘了，你是中国人。"母亲则用中文大声对辜鸿铭重复地说："记住，中、国、人。"后来辜鸿铭追问母亲，你是西方人，为什么提醒儿子别忘了是中国人？母亲说，记住，一个男人是需要有气节的。当辜鸿铭看到不少中国学者摒弃国学、崇洋媚外的畸形心态，便不惜用偏执的态度表达对中华文化的热爱。母亲的一句嘱托，影响了辜鸿铭一生。

——柳母授诗：启蒙铸魂。著名近现代民主革命家、文学家柳亚子的母亲费漱芳出身于书香门第，成为柳亚子第一个启蒙老师。柳亚子3岁时，她就让他站在红漆立桶上，教他识方块汉字，每天十数字；柳亚子4岁时，费漱芳就向他口授唐诗三百首。费漱芳不但教授前辈先贤的文章，还讲乡土先烈的故事，为柳亚子健康成长打下了坚实基础。

——劝子读书：用生命教诲孩子读书。2006年，湖南冷水江东塘煤矿发生瓦斯大爆炸，震惊全国。谁也不能忘记井下那悲惨的一幕：一位女矿工身体僵硬地斜倚井壁，一只手捏着鼻子，另一只手斜搭在湿润的井壁上，井壁上依稀可见几个字：儿子，读书……这位母亲叫赵平姣，矿难发生时 48 岁。

1993 年，赵平姣的丈夫陈达初在井下作业时被矿车轧断了右手三根手指。此后他只能在井上干轻活，收入少了很多。为了供女儿陈娟、儿子陈善铁上学，赵平姣决定自己下井挖煤。赵平姣态度坚决——不能耽误孩子上学。1996 年，陈达初身体基本好转，能够下井了。他劝妻子不要再下井了，但没劝住。几年过去，陈达初望着劳累过度、日渐衰老的妻子，再次劝她不要下井，或者自己去干背煤的活儿，让妻子做比较轻松的推车活儿。赵平姣说："我的身体比你还好呢。如果你不放心，就让矿里把我们安排在一个班。"她声音有些哽咽，"其实，我也放心不下你呀！你去上班时，我心里总是七上八下的，整夜整夜地睡不着。如果上同一个班，我们就能互相照应。要死……我们也要……死在一起！"2005 年秋，儿子陈善铁以优异成绩考上了华中农业大学，赵平姣激动不已。送儿子上火车之前，她叮嘱：儿子，好好读书，每年的学杂费和生活费，妈会为你准备。2006 年 4 月 6 日下午 3 时，赵平姣和丈夫有说有笑地向煤矿走去。夜里 10 点，矿井深处突然传来一连串沉闷的爆炸声。矿难发生后，井下 14 名工人只有 5 人逃过劫难。经过 7 天 7 夜搜救，人们在井下找到了赵平姣的遗体。

——母体护子：危难时刻用身体守护孩子生命。2008 年 5 月 12 日，四川汶川县发生了一场里氏 8.0 级的特大地震。媒体曾报道过一位伟大母爱的故事：当救援人员发现她时，她已经死了，是被垮塌下来的房子压死的。透过那一堆废墟的间隙，可以看到她死亡的姿势：双膝跪着，整个上身向前匍匐着，双手扶地支撑着身体，有些像古人行跪礼拜，只是身体被压得变了形。经过一番努力，人们小心地把挡着她的废墟清理开，在她身体下面躺着她的孩子，包在一个红色带黄花的小被子里，有三四个月大，因为有母亲身体庇护，他毫发未伤，被抱出来的时候，他还安静地睡着。随行的医生跑过来，解开被子准备给孩子做检查，却发现有一部手机塞在被子里。医生看了下手机屏幕，发现屏幕上是一条已经写好的短信："宝贝，如果你能活下来，一定要记住，妈妈爱你！"看惯了生死离别的医生，却在这一刻再也控制不住地泪流满面……

　　——三袋杂米：再苦再难也供养孩子上学。大约二十多年前，湖北省某县有一个特困家庭，儿子刚上小学时，父亲在一个凄风苦雨的夜晚溘然长逝。母亲没改嫁，咬着牙要拉扯儿子长大。儿子考上了县重点一中，母亲却患上了严重风湿病。那时的一中，学生每月都得带30斤米交给食堂。懂事的儿子说："娘，我退学吧，帮你干农活。"母亲说："有你这份心，娘打心眼里高兴，但书是非读不可。放心，娘生你，就有法子养你。你先到学校去报名吧，我随后就送米过去。"儿子固执地说"不"，母亲说"快去"！儿子还是说"不"，母亲就挥起粗糙的巴掌结实地甩在儿子脸上。这是16岁的儿子第一次挨打……

　　儿子终于上学去了。没多久，县一中的大食堂迎来了姗姗来迟的母亲，她一瘸一拐地挪进门，气喘吁吁地从肩上卸下一袋米。负责掌秤登记的熊师傅打开袋口，眉头紧锁："你们这些做家长的，总喜欢占点小便宜。你看看，这里有早稻、中稻、晚稻，还有细米，简直把我们食堂当杂米桶了。"母亲臊红了脸，连说对不起。第二个月初，这位母亲又背着一袋米走进食堂。熊师傅照例开袋看米，眉头又锁紧，还是杂色米。第三个月初，母亲又来了，肩上驮着一袋米，她望着熊师傅，脸上堆着比哭还难看的笑。熊师傅一看米，勃然大怒，用几乎失去理智的语气，毛辣辣地呵斥："哎，我说你这个做妈的，怎么顽固不化呀？咋还是杂色米呢？你呀，今天是怎样背来的，还给我怎样背回去！"

　　母亲似乎早有预料，双膝一弯，跪在熊师傅面前，两行热泪顺着凹陷的眼眶涌出："大师傅，我跟您实说了吧，这米是我讨饭得来的啊！"熊师傅大吃一惊，眼睛瞪得溜圆，半晌说不出话。母亲坐在地上，挽起裤腿，露出一双僵硬变形的腿，肿大成梭形……母亲抹了一把泪，说："我得了严重的风湿病，走路都困难，更甭说种田了。儿子懂事，要退学，是被我一巴掌打回学校……"她只好向熊师傅解释：她一直瞒着乡亲，更怕儿知道伤了自尊心。每天天蒙蒙亮，她就揣着空米袋，拄着棍子悄悄到十多里外的村子去讨饭，然后挨着天黑掌灯后才偷偷摸进村。她将讨来的米聚在一起，月初送到学校……母亲絮絮叨叨地说着，熊师傅早已潸然泪下。

校长最终知道了这件事，不动声色，以特困生的名义减免了男孩三年的学费与生活费。三年后，儿子终于化蛹成蝶，以627分的成绩考取清华大学。欢送毕业生那天，县一中锣鼓喧天，校长特意将这位讨饭母亲的儿子请上主席台，熊师傅上台讲了一位母亲讨米供儿上学的故事，台下鸦雀无声。校长指着三只蛇皮袋，情绪激昂地说："这就是故事中的母亲讨得的三袋米，这是世界上用金钱买不到的粮食。下面有请这位伟大的母亲上台。"儿子疑疑惑惑地往后看，只见熊师傅扶住母亲正一瘸一拐走上台。儿子惊呆了，瞬间情感的大坝被惊涛骇浪冲垮。母子俩的目光对视了！儿子扑通跪下搂住娘，号啕大哭起来……

从人类繁衍的角度讲，母亲是"父母的女儿、儿女的母亲，家庭的轴心"。中国母亲是伴随我国几千年农耕文明史走到今天的，正处于传统与现代的断裂带上。面对世界百年未有之大变局和风起云涌的经济社会变革、价值观重塑，天使的母亲、原始的母性、炽热的母爱和时代感情如何融合，母爱如何保温、子女如何尽孝、社会风尚如何倡树，值得深思。

跋　母爱是烙在我心头的胎记

　　母爱，世间最伟大、最纯粹、最无私、最暖心，无微不至、无穷无尽、无影无踪、无际无涯。我心头的这块胎记，是娘用她炽热的爱反复烙刻上去的。因掩藏得太深，看不见、摸不着，已被岁月揉碎融入我的血液和骨髓。

　　天大地大，父母恩大。2018 年 5 月 13 日清晨，沂蒙大地还在沉睡之中，窗外淅淅沥沥下着雨。"昨天是母亲节，今天是我娘去世三周年忌日。"我心里空落落的，寻找不到生命中那种最宝贵的东西。小鸟的啼鸣穿越雨声，回响在我的耳畔，我仿佛看见娘那满头银发和欣赏我们兄妹几个嬉闹的笑容，心又一次被刺痛。今生今世再也不能与娘见面了，"我真的是没娘的孩子啦！"泪水唰地涌满了我的眼眶……

年轻时的娘

人都有三位母亲：生身母亲，养身母亲，立身母亲。娘是生身母亲，十月怀胎，一朝分娩，母子同命相连，关键时刻娘甘愿为子女舍命。人降临世界，赋予爱与被爱的权利，这是人生奇迹，也是莫大幸运。血浓于水的亲情，便是生死相依的缘分。母亲赐予子女生命、哺育子女成长，我们因而结识七彩缤纷的自然，享受酸甜苦辣咸的人生五味，在大千世界留下蹒跚攀缘的足迹。这是我们的血脉基因、人生根脉。"十月胎恩重，三生报答轻。"岁月短暂，必须真心真意孝敬、全心全意报答。

大地是养身母亲，为人类生存敢于舍命。厚德载物，大地是母亲的化身。我们赖以生存、反复踩踏的土地，把屈辱低下留给自己，把尊严高尚留给我们。大地包容万物、生长万物，但沉默不语，慈悲、仁爱而包容，源源不断地为我们提供家园、水、粮食、蔬果和衣物等维持生命的必需。如果没有土地，那我们吃啥？喝啥？穿啥？用啥？盼啥？大地是养身母亲，必须感恩它，刻不容缓保护它。

祖国是立身母亲，让我们安身立命。祖国是美丽、慈祥、宏大的，个人的血肉之躯与之相比，好比花朵与春天、云朵与天空、水滴与海洋、星辰与银河。祖国给予百姓的幸福、自由、平等、平安，最不能割舍。小家与大家、小情与大情、小义与大义，护佑我们做人的底气与尊严。祖国是我们成长、成才、成功的根基，成就阳光灿烂人生的支点，必须暖在心窝，终身崇敬报效。

这三位母亲，我们都应倾尽一生去感恩和报答、抒写和讴歌。"慈母手中线，游子身上衣"，歌颂平凡的养身母亲，铭记她们的恩德；"苍茫大地不吭声，天地恩情不能忘"，大地无言，但与人命运与共、和谐共生，须臾不可分离；"天下兴亡、匹夫有责"，人人有守护祖国母亲的使命和责任。

"儿不嫌母丑，狗不嫌家贫。"母亲的经历、个性、特质不同，童年生活和启蒙教育也就不同。从呱呱坠地到长大成人，接触最早最密切的是生身母亲，念念不忘的也是生身母亲。我娘是沂蒙山区普普通通的农村妇女，从小挨饿，没上过一天学，命运坎坷艰辛，亲历沂蒙山区革命、建设、改革各个历史时期，亲历了战火烧到家门口的悲惨与无奈、吃糠咽菜填不饱肚皮的贫困与饥饿、分田到户粮果盈仓的满足与幸福。当初条件差、儿女多，娘想方设法养老育小，供养子女上学、成家立业，生活的辛苦和艰难难以想象。娘自身带光，在生活的奔波操劳中吸纳了太阳光芒和大地气息，给了我生命、爱、温暖与力量，给了我恒心定力和战胜命运的勇气，如深冬的炉火、天边的彩虹、生命的卫士。娘对子女的爱恰似不知不觉的春风和微小细密的雨丝，昼夜不停、无声无息、无影无踪，又包罗万象、无时不有、无处不在。

……我起身走进雨幕里，任惆怅的雨水、悲伤的寒风和冷凉的泪水在脸上交汇。娘这一辈子经历的酸甜苦辣，遇到的坎坷艰难、数不清的无助无奈，以及对光明和幸福的渴望与追求，都已伴随岁月尘烟悄然散尽。

人有血有肉、有筋有骨，是为自己活、为家人活、为梦想活的生灵，彰显生命、情感和思想，而不是不会说话的动植物，也不是冰冷的机器。人生是一个苏醒、成长、觉悟，一个开智、感恩、奋进的旅程。终老总是必然，娘的谢世，除了悲痛、缅怀与悼念，更重要的是思考娘留下了什么，我和后人如何铭记娘的品德与恩泽、走好自己的人生路。这么多年，我在享受母爱温暖与神圣中，断断续续写过一些歌颂娘的短文，陡然萌生出整理结集的想法，以此告慰娘的在天之灵。此想法得到家人的一致赞同和中国青年出版总社李钊平、彭慧芝等俊贤的理解支持，让我感到庆幸、荣幸！

爱是一盏长明灯，穿越生死，照亮未来。母亲、母爱的伟大，古今中外诗词歌赋、影视戏剧等各类文艺作品反复传颂。我记录自己普通平凡的娘和接触到的几个母亲群体，只想为人类亘古不变的主题添一抹色彩、一朵浪花、一缕醇香。

世间万物各有自己的美丽，只有母爱堪用"最美"二字；生命、生存和生活并不缺少美，只有母爱最美。母爱最是无私，母爱暖在心窝，母爱注解永恒，是世间绝唱，是最伟大的力量！

娘的爱像胎记一样，烙在我的心头。它陪伴我的呼吸与生命，不声不响、永不褪色、永不停息。我感谢、感激、感恩我娘，我至高无上的母亲！

厉彦林

2025 年 3 月 18 日于泉城

图书在版编目（CIP）数据

母爱情深 / 厉彦林著 . -- 北京 : 中国青年出版社，
2025. 4（2025. 8 重印）. -- ISBN 978-7-5153-7747-6

Ⅰ . I247.81

中国国家版本馆 CIP 数据核字第 2025FT6443 号

母爱情深

厉彦林　著

责任编辑　李钊平　彭慧芝
书籍设计　IDEA·XD 刘清霞

出版发行　中国青年出版社
社　　址　北京市东城区东四十二条 21 号〔邮编：100708〕
网　　址　www.cyp.com.cn
编辑中心　010–57350578
营销中心　010–57350370
经　　销　新华书店
印　　刷　北京盛通印刷股份有限公司
开　　本　710mm×1000mm　1/16
印　　张　16
字　　数　160 千字
版　　次　2025 年 4 月北京第 1 版
印　　次　2025 年 8 月北京第 2 次印刷
定　　价　78.00 元

如有印装质量问题，请凭购书发票与质检部联系调换
电话：010–57350337